へっついい飯

料理人季蔵捕物控

和田はつ子

時代小説文庫

JN264063

角川春樹事務所

目次

第一話　へっつい飯

一

大川に連日、涼船《すずみぶね》が浮かぶようになると、江戸の夏は盛りであった。

この夜、日本橋通《とおり》一丁目新道《じんみち》の木原店《きはらだな》にある一膳飯屋《いちぜんめしや》塩梅屋《あんばいや》では、数寄屋《すきや》町の履物屋の隠居喜平《きへい》が屋形《やかた》船での納涼話に花を咲かせていた。

「水苔《みずごけ》の匂《にお》いがぷんとする鮎《あゆ》の塩焼きが、何とも涼しげでいいのさ」

極上の鮎は、清流の水苔で育つせいか、西瓜《すいか》や胡瓜《きゅうり》に似た涼やかな夏の匂いがする。

鮎は喜平の好物で、豪勢な屋形船を貸し切った夕涼みの膳には、山海の珍味が並ぶことも珍しくなかった。

「履物屋の隠居風情にたいしたご招待じゃないか」

長屋住まいの大工辰吉《たつきち》が尖《とが》った声を出した。喜平と辰吉、辰吉の隣りに座っている指物《さしもの》師の勝二《かつじ》の三人は、何ということもなく、塩梅屋で集《つど》っている。

「松島屋《まつしまや》さんからの誘いだ。湯屋の二階で、松島屋の隠居徳兵衛《とくべえ》さんと将棋を差す仲になったもんだから」

「松島屋さんって、尾張《おわり》町の松島屋さん？」

居合わせていた先代の主長次郎《あるじちょうじろう》の娘おき玖《く》は、目を丸くして念を押した。尾張町にある銭両替の松島屋は、庶民相手に金銀を銅銭に両替している。小両替屋の中では抜きんでた商いぶりで、近頃では、本両替屋のように、大名貸しもしているとの評判である。

「そうともさ」

喜平は盃《さかずき》を口に運びながら、深々と頷《うなず》いた。

「おおかた、女の話で意気投合したんだろうよ」

辰吉の口調は尖り続けている。

喜平は自身の助平を自認し誇っている。隠居する羽目になったのも、嫁の寝姿を盗み見して倅《せがれ》に呆《あき》れられたからだと、誰かれ構わず放言していた。

「年寄りの助平ほど、みっともねえもんはないぜ」

対する辰吉は、たいして強くない酒に酔い潰《つぶ》れた時、迎えに来て、背負って帰ってくれる、大女の恋女房おちえに首ったけであった。

辰吉が喜平に突っかかって行くことが多いのは、このおちえを、喜平があれは布団だ、女ではないと馬鹿にするせいであった。辰吉はといえば、

「うちのは下駄の裏みてえな女でさ」

自分でおちえをあしざまに言っている癖に、人から言われると激怒するのである。

——元に戻ったようだ。ここ当分、おさまっていたのだがな——

塩梅屋の主季蔵《としぞう》は心の中で苦笑した。

この半年ばかり、酒を飲んでも、喜平と辰吉はいがみ合わずにいたのである。

——互いに年齢《とし》がいったせいかと思っていたが、そうではなかったようだ——

気がつくと季蔵は微笑《ほほえ》んでいた。

「今の松島屋の身代《しんだい》を築いたのは、徳兵衛さんだからね。何しろ、働き者だっていうから、ろくに女遊びもしてこなかったんだろう。何やら、女について、積もる悔いがあるようだよ」

饒舌《じょうぜつ》になった喜平と目が吊《つ》り上がった辰吉をそっと見比べて、

——まずい——

勝二は季蔵と目を合わせた。

「ここに煮鮑《にあわび》はなかったですか？」

唐突だったが、勝二は話の流れを変えようとしている。

旬の煮鮑は醤油《しょうゆ》等で調味した、甲州（山梨県）の名産品である。煮鮑は喜平だけではなく、辰吉の大好物でもあった。

「あいにく、切らしてしまってます」

酒の肴《さかな》にうってつけの煮鮑は、高価であるにもかかわらず、たいそう人気があった。

喜平は辰吉の不機嫌に気づかず、気持ちよく盃を傾けている。辰吉の額の青筋がぴくぴくしてきた。

「女についての悔いだなんて、俺にはわかんねえな」

吐き捨てるように言った辰吉を、喜平はまじまじと見て、

「そりゃあ、あんたにはわかるまいよ」

今にも、おちえの話を持ち出すのではないかと、勝二が身構えた時、

「お大尽《だいじん》しか、涼しい思いはできないものでしょうか」

季蔵は、種を取り、賽《さい》の目に切った西瓜と胡瓜を各々《おのおの》、ギヤマンの小鉢に盛って飯台《はんだい》に並べた。

「あら、綺麗《きれい》」

おき玖は目を輝かせた。

「極上の鮎というわけにはいきませんが」

「西瓜だけじゃなく、胡瓜も冷えてる」

喜平は目を細めた。

「実を言うと、西瓜は好物なんですが、食べるのは今年、初めてなんです」

勝二の顔も輝いた。

指物師の婿養子である勝二の家では、一粒種の大事な跡取り息子の腹具合を案じる余り、冷えていなければ美味《おい》しくない西瓜は御法度《ごはっと》だった。勝二は種馬と見なされ、亭主がこよなく西瓜好きだったことなど、女房のおかいでさえ、とっくの昔に忘れ去ってしまってい

る。

「見てるだけでいいや。俺はあんまし、西瓜や胡瓜が好きじゃねえんだよ」

辰吉は箸《はし》を伸ばさない。

すると、

「これはいかがです？」

季蔵は皿に盛った押し豆腐を辰吉の前に置いた。

「これも煮鮑には及びませんが」

押し豆腐とは布に包んで重石《おもし》をのせ、よく水気を切った木綿《もめん》豆腐を、同じ量の醬油と酒で煮《に》染《し》めただけの料理であった。

冬場は豆腐の味を生かすべく、表面だけに煮汁が染みる程度に仕上げるが、夏場となると、しっかり煮込んで何日も保存できるようにする。季蔵はこれをよく冷やすのも忘れなかった。

酒の肴にもなるし、かーっと陽《ひ》が照りつけてくる朝、菜にすると、炊きたての熱い飯が苦でなくなる。

箸で摘《つま》んで口に入れた辰吉は、

「いいねえ。うっかり、煮鮑の味を忘れるほどだ」

うっとりとため息をついた。

「たしかにこりゃあ、どれも、お大尽でなくとも味わえる。季蔵さん、たいしたものだよ」

喜平が褒めた。

「さっきの話ですけど——」

勝二の箸は押し豆腐にも伸びている。

「金のかからない涼み方は、ないかってことだろうが——」

受けた喜平は、

「はてねえ」

首をかしげて腕を組んだ。

「これはわたしの涼み方なんですけど」

勝二が先を言い澱《よど》むと、

「言ってみな」

辰吉が先を促した。

「もっぱら、怪談噺《かいだんばなし》で涼んでます。寄席《よせ》なら木戸銭《きどせん》は二十八文《もん》ほどですし——」

盂蘭盆会《うらぼんえ》を挟んで、江戸の寄席では盛んに怪談噺が寄席の演目に上った。

「煙草盆《タバコ》に下足札《げそくふだ》を入れても、三十六文。たしかに安い涼みだな」

喜平は感心した。

「けど、怪談ってえのは、どうもなあ——」

怯《おび》えた目になった辰吉は、

「俺は怖いのはご免だぜ」

　ぞっと背中をすくめて、

「一度、おちえにつきあって、怪談を観たが、怖くて怖くて、おちえの高いびきのせいもあったが、その夜はろくろく眠れなかったぜ」

「観たっていうには、そりゃあ、辰吉さん、歌舞伎の怪談でしょう?」

「おちえは女形《おやま》の市川夢蔵《いちかわゆめぞう》が贔屓《ひいき》なんだよ」

　辰吉の応《こた》えに、

　——しまった——

　瞬時に勝二は後悔した。

　——この先、喜平さんは、布団が市川夢蔵に惚《ほ》れてどうなる? なぞと言い出しかねない——

　そこで、

「噺の怪談は歌舞伎の怪談ほど、恨みが深くないんですよ。怖さの中に笑いがあるんです。たとえば、皿を割ったという濡《ぬ》れ衣《ぎぬ》で成敗され、恨みを残して幽霊となり、一枚、二枚と、皿を割り続ける皿屋敷のお菊《きく》の可哀想《かわいそう》な話も、噺となると、そのお菊が、まとめて二枚、皿を割り、明日は休むなんぞと言って、幽霊業を商いにしてしまうぐらいですから」

　勝二は先手を打った。

「噺のお菊は客を呼べるんだ。さぞかし、いい女だろうな」

喜平は小さく吐息をつき、

「そりゃあ、何よりだ」

辰吉はほっと表情を和《なご》ませた。

――ああ、よかった――

季蔵がやれやれと思ったとたん、

「ここで、料理と怪談噺の納涼ができると最高なんでしょうね」

つい、本音が勝二の口からこぼれた。

「そう言われてみりゃあ、そうだな。いい思いつきだ」

喜平は相好《そうごう》を崩し、

「季蔵さん、何とかしてやってくれないか。ほら、いつだったか、ここで、〝酢豆腐〟を演《や》った噺家がいたじゃないか」

盃を置いて、両手を合わせる仕種《しぐさ》をすると、

「冷えた押し豆腐は美味《うま》いし、怖くないとなりゃあ、俺は何でもいいぜ」

辰吉もこれに倣《なら》った。

二

翌日、季蔵の顔を見ると、

「大変なことになったわね」

おき玖が冷えた麦湯《むぎゆ》を入れた湯呑《ゆの》みを盆に載せてきた。おき玖は塩梅屋の二階に寝起きしていて、季蔵は近くにある、棟割《むねわ》りの長屋住まいであった。

「季蔵さんの冷やした押し豆腐が美味しかったから、あたしも麦湯で真似《まね》をしてみたのよ。前から煎茶《せんちゃ》は水出しのお点前《てまえ》まであるのに、どうして、麦湯は熱いのしか、ないんだろうって、不思議に思ってたの。どうかしら？」

おき玖は心配そうに、湯呑みを手にした季蔵の表情を見守った。

冷えた麦湯で喉《のど》を潤した季蔵は、

「冷やした方が麦の味がくっきりしますね。麦湯は冷やした方が断然美味いですよ。いい暑気払《しょきばら》いになります」

「そうお、よかった」

おき玖はぱっと顔を輝かせた。おき玖はそれほど意識していないが、何であれ、季蔵に認められるのがうれしいのである。

「これからはうんと冷たくしたのを、お客さんにお出しすることにするわ」

「きっと、皆さん、喜ばれますよ」

頷いた季蔵は、

「しかし、たしかに大変なことになりました」

話を戻した。

「去年の噺の会は、演目が〝目黒のさんま〟や、〝蛸《たこ》芝居〟など、どれも食べ物の名がついていたからよかったものの、怪談に料理をどう関《かか》わらせていいものなのか、皆目、見当がつきません」

季蔵はうーんと腕組みをした。

すると、そこへ、腰高障子《こしだかしょうじ》が開いて、

「兄貴、居るかい?」

船頭の豪助《ごうすけ》が入ってきた。

豪助は季蔵を兄貴と呼んで慕っている。初めてこの豪助と出会った時、季蔵は刀を差して袴《はかま》をつけていた。主家を出奔《しゅっぽん》した後、行く宛《あ》てもなく、たまたま乗った舟の船頭が豪助だった。豪助は季蔵の侍姿を知っている数少ない一人である。

「暑いの、暑くないのって、もう、たまんねえ」

汗だらけの黒い顔をごしごしと手拭《てぬぐ》いでぬぐった。

「どうぞ」

おき玖は冷えた麦湯を勧めた。

豪助はごくごくと飲み干すと、

「いいねえ。冷えた麦湯がこれほど美味《うめ》えとは思わなかった。夏は酒よりも、こっちの方がいいくれえだ。もう一杯」

空の湯呑みをおき玖に突きだした。

「どうしたんだい? 皺《しわ》が寄ってるぜ」

豪助は季蔵の方を向くと、自分の眉間《みけん》に指を当てた。季蔵の悩みに気がついたのだ。

「実はね――」

季蔵が昨夜の経緯《いきさつ》を話すと、

「そりゃあ、いいな」

豪助は喜平たちの持ちかけた話を支持した。

「俺も怪談噺は嫌《き》れえじゃねえ。もっとも、江戸っ子ならみーんなそうだろうよ。あれは聴いてると、ちょいと、首から背中にかけてさわさわ寒くなってきて、いい塩梅に涼しくなるんだよ」

豪助は首の襟《えり》をつまんで、大袈裟《おおげさ》に身を震わせて見せた。

「なるほどねえ」

おき玖も釣られて首をすくめた。

「どうだい？ 兄貴も一度、寄席に出かけてみちゃあ」

「寄席が開く頃に、この店も開けるんだから、それは無理だな」

季蔵は苦笑した。

「おまえが怪談好きなら教えてほしい。料理の出てくる怪談噺はないかい？」

季蔵の目は真剣である。

「料理が出てくると言われても――。怪談に出てくるのは幽霊と決まってる」

「幽霊だけじゃ。ここは一膳飯屋なんだから」

おき玖の声がきんと張り上がった。

「そう言われたって——」

「何とか、思い出してみてちょうだい」

「〝酢豆腐〟は駄目なのか？」

〝酢豆腐〟というのは、食通を自認している世間知らずの若旦那に、長屋の連中が悪さを仕掛けて、腐った豆腐を食べさせて、珍味の極《きわ》みだと吹き込む噺である。

「あれは軽口の滑稽《こっけい》噺じゃないの。怪談じゃないわ」

「〝酢豆腐〟なら時季は今と同じ、夏だよ。腐った豆腐を食わされた若旦那が、あの世に逝《い》っちまったのはいいが、往生できなくて、仕返しに戻ってくるっていうのはどうかい？」

「勝手に噺をかえないでちょうだい」

おき玖はにべもなかった。

「それじゃあ、〝野ざらし〟」

〝野ざらし〟は髑髏《どくろ》を釣り上げた浪人が、髑髏の生前の姿であった美女の幽霊に惚れられ、それを知って羨《うらや》んだ男が浮き浮きと髑髏釣りに精を出す。そして、さらにこの男の様子を見ていた幇間《たいこもち》が、女を口説いていると勘違いして、何とか、相手の女との仲を取り持って、御祝儀をせしめようと思いつく。美女の幽霊を待って、幇間の訪問を受けた男は、〝釣ったのは、（和太鼓に張った馬の皮の）馬の骨だったのか〟と落胆する。

「いい女に惚れられるなんてこと、まず、俺にはねえから、この噺は身に染みるんだ」

豪助は船頭に似合わぬ、小柄な男前で、町娘たちに人気があったが、稼いだ端《はし》から茶屋娘につぎ込むなど、とにかく、極めつけの面食いであった。

「〝野ざらし〟のどこに食べ物が出てくるのよ」

おき玖に問い詰められると、

「浪人も男も釣りに酒を持って行く。酒には肴がいる。涼み弁当ってえ趣向はどうかい？」

「今時分、弁当は傷《いた》みやすいから、握り飯と沢庵《たくあん》とかの漬物になる。これだけじゃ、酒には今一つだよ」

季蔵が口を挟んだ。

「酒も進んで、美味しく楽しく涼んでもらいたい」

「意外にむずかしいもんだな」

豪助まで腕を組んだ。

この後、季蔵とおき玖は怪談と料理の話をしばらくしなかった。

――相談するのに、うってつけの知り合いはいるのだが、わたしが先に知り合ってたわけじゃないし、噺家だったのは前のことだし――

季蔵が相談したいと思っているのは、松風亭玉輔《しょうふうていたますけ》の名で二つ目まで上がったものの廃業し、小網町の廻船《かいせん》問屋、長崎屋《ながさきや》を継いだ五平《ごへい》であった。長崎屋といえば指折りの廻船問屋である。

——とにかく、忙しい方だ。こんなことで、お心を煩《わずら》わせては申しわけない——

季蔵は五平に文《ふみ》を書くのを見合わせていた。

そんなある日の昼過ぎのことである。

「しばらくでした」

五平が姿を見せた。すらりとした長身で身のこなし、話し方が粋《いき》な若主人である。

「五太郎《ごたろう》ちゃんは達者ですか？」

おき玖が訊《き》いた。五太郎は今年産まれた長崎屋の長男である。

「おかげさまで元気で育っています」

五平が目を細めると、深い笑い皺が目尻《めじり》に集まる。

——あら、幸せ皺。五太郎ちゃんがよほど可愛《かわい》いのね——

おき玖は自分の胸の中まで、ほっこりと温かくなるのを感じた。

——こういう温かさなら、この暑い時季でもかまわない——

「なにか、ご心配なことでもおありですか？」

季蔵は五平が時折見せる、浮かない表情を見逃さなかった。

「仕事はすこぶる順調なのですが——」

「それでは、お気持ちの問題ですね」

「ええ。このところ、子育てに追われているおちずのことが。子育てのほかに内儀としての気遣いなんぞがあるので、心労も重なっているのではと――。笑う門には福来たるといいますから、ことあるごとに、おちずを笑わそうと、部屋を寄席に見立てて噺をすることもあったのです。ところが、五太郎が産まれてからというもの、正直、この子の将来のためにと、わたしも商いに必死で疲れきり、飯の時も、二人して押し黙っているのです。おちずもわたしも、五太郎の世話をする時以外、笑うことがほとんどなくなっていることに気がつきました。そんな時、むしょうに、こちらで、〝酢豆腐〟を噺し、おやじの好きだった〝医者殺し〟をいただいた一時が、ただただ、なつかしく思い出されて――」

〝酢豆腐〟は二つ目だった松風亭玉輔の十八番《おはこ》で、〝医者殺し〟は煮汁まで残らず啜《すす》る、魚のあら煮であった。滋養があるので医者は不要とされ、あがったりになるという意味で〝医者殺し〟――。噺家になると言って勘当された五平は、万感の想《おも》いで父のこの好物を口にした。

「そうでしたか」

季蔵はふっと気持ちが軽くなった。

――これはもしかして――

「疲れた時、思い悩んだ時、噺や料理に救われるような気がします」

「なるほど」

そこで季蔵は、

「実はこの店のお馴染《なじ》みさんたちから、是非にと、頼まれていることがございまして

――」

怪談と料理の会についての話を始めた。

三

話を聞き終わった五平は、

「そいつは面白い」

膝《ひざ》を打った。

「久々に嬉《うれ》しい話を聞かせていただきました」

「ついては、あなたにお願いできないものかと――」

恐る恐る季蔵は切り出した。

「わたしでよろしいんですか」

五平は喜びを隠しきれない様子である。

「常連客の中には、あなたの〝酢豆腐〟を楽しく聴いた人たちもいます。ですから、是非――」

「といっても、〝目黒のさんま〟や〝時そば〟のように、食べ物に関わった怪談となると――」

五平は眉《まゆ》を寄せた。

「そうだと有り難いのですが――」

「うーん」

五平はしばらく、頭を抱えて考えこんでいた末に、消え入りそうな声で言った。

「これに次ぐ噺は思いつきません。わたしも久々に怪談を演るからには、恥ずかしくないものにしたいし――。お役に立てなくて申しわけありません」

「それでは、お得意とする怪談で結構です。怖いばかりではなく、ほっとできる怪談を――。去年に倣って四話、お願いします」

「それでは〝へっつい幽霊〟。〝酢豆腐〟同様、わたしの十八番です」

「その次は？」

「迷っています」

五平は頬杖《ほおづえ》をついた。

「どれにしたものか――」

迷い続けている五平に、

「それでは、〝へっつい幽霊〟の後、三話はその都度、選んでいただくことにしましょう」

「しかし、それでは、季蔵さんの料理に差し障《さわ》りがありませんか。あらかじめ、わかっていた方が食材など集めやすいでしょうし」

「たしかにそうですが、その都度にすると、意外な料理を思いつきそうで心が躍ります。それに今回は、去年、そちらでなさったような大がかりなものではなく、わたしのところでささやかに催す納涼の会なので、前と違って気楽です。安くて美味しい旬の食材を思いきり、試してみたいと思っているんです」

「なるほど」

五平は得心がいった。

「とりあえずは、噺をお聴かせいただけませんか」

「噺の後に、料理を考えるのですね」

「はい」

「それでは今日は〝へっつい幽霊〟を」

「お願いします」

こうして、この後、五平は〝へっつい幽霊〟を噺した。

〝へっつい幽霊〟とは、幽霊が取り憑《つ》いていて、買い手の見つからないへっつい（竈《かまど》）を、三両付けてまで厄介払いしたい骨董《こっとう》屋から、貰《もら》い受けた長屋住まいの男二人と、当の幽霊との珍談めいた駆け引きの噺である。

何と、このへっついの中には三百両もの金が隠されていて、天秤《てんびん》棒にぶらさげ、へっついを家に運び入れようとした男たちが、よろけた弾みに、へっついを落としてしまい、端が欠けてこの金が飛び出す。

大喜びした二人は一夜のうちに酒と博打《ばくち》で使い果たしてしまう。夜中に二人の前に現れた幽霊は、博打で儲《もう》けた三百両をへっついの中に隠した後、河豚《ふぐ》の毒に当たって死んでしまった無念を語る。幽霊になって出てくるのは、この金が気になってならず――。

このままではずっと、この幽霊に取り憑かれ、薄気味悪い毎日を送ることになる、何とかして、幽霊に金を諦《あきら》めさせなければ――。

思いついて、二人は、金を返してほしい一心の幽霊を博打に誘い込む。二人のうちの一人は勘当されている大店《おおだな》の若旦那なので、実家《さと》で三百両を都合してもらい、勝負に挑む。

幽霊は幽霊仲間の掟《おきて》を守り、丁半の丁しか張ることができず、幽霊祓《ばら》いとあって、いかさまも辞さなかった二人は、赤子の手を捻《ひね》るように、いともあっけなく、相手を負かしてしまう。

幽霊は一文なしになったものの、しかし、そこが幽霊の強みで、まだ、勝負を続けると言い張り、〝金がないはずだ、早く成仏しろ〟という二人に、〝わたしも幽霊のはしくれ。金はなくても足は出しません〟と啖呵《たんか》を切る。かくして、二人は幽霊に取り憑かれ続け、終わりのない博打を続ける羽目になる――。

噺し終わった五平が帰って行った後、聴いていたおき玖は、

「博打好きの身から出た錆《さび》とはいえ、気の毒な成り行きね」

ふと洩《も》らしたきりで、

――料理のことは訊いたりするまい――

季蔵が思いついて、話してくれるまで黙っていようと決めた。

一方の季蔵は、

――たしかに、食材が出てこない噺から、料理を考えるのはむずかしい――

これという料理は思いつかないまま、何日か過ぎた。

そんなある日の夕方近く、

「邪魔をする」

戸口からぬっと田端宗太郎《たばたそうたろう》が顔を出した。

「まあ、田端の旦那」

おき玖は笑顔を作った。

田端宗太郎は北町奉行所の定町廻り《じょうまちまわ》同心である。定町廻り同心の何よりの恩典は、見廻り先からの心づけであった。塩梅屋でも、先代長次郎の頃から、役人相手に掛け取りはおろか、勘定書きさえ見せたことがない。

「お一人ですか」

季蔵は戸口を見つめた。

田端には常に岡《おか》っ引《ぴ》きの松次《まつじ》がつき従っている。

田端は無言で、長身痩軀《そうく》を二つに折ると、床几《しょうぎ》に腰を下ろした。

「どうぞ」

おき玖は素早く、湯呑みの冷や酒を田端の前に置いた。田端宗太郎はいくら飲んでも顔にも様子にも出ない、無類の酒豪であった。

湯呑みの酒をすいっと飲み干した田端は、懐から袷布《あわせ》の三つ折財布を出すと、

「これで、しばらく――」

一分金《ぶきん》を季蔵に差し出した。

「松次に夕餉《ゆうげ》の弁当を届けてやってくれないか」

ぼそりと呟《つぶや》くように言った田端に、

「承《うけたまわ》ることは承りますが、どうして、ご一緒でないのか、お届けする理由について、お話しいただけませんか」

季蔵は丁重に訊いた。

「松次は足を怪我《けが》した。医者は骨は折れていないが、当分は休むことだと診《み》たてている」

「わかりました。必ず、時を決めてお届けします」

約束した季蔵は、

「ただし、日頃、お世話になっている松次親分の大事とあっては、お代はいただけませせん」

田端から受け取った一分金を、丁寧に返した。

黙って受け取った田端は財布に戻すと、

「ふーむ」

困惑気味にため息をついた。

「松次親分って、独り身だったんですか？」

おき玖は訊かずにはいられなかった。

「女房は早くに死に、一年前、一人娘は遠くへ嫁に行った」

「なるほど、それで」

「それで、松次親分が休まれる間、旦那のお手先は、どなたがお務めになるのです？」

季蔵は田端の浮かない表情が気にかかっている。田端は料理屋、飲み屋泣かせの酒好きなだけではなく、市中を騒がす悪人の捕縛に熱心であった。

――片腕の松次親分なしでは難儀だろう――

酒を飲んでも無愛想な変わり者の田端は、岡っ引きの選《え》り好みが激しかった。

――ああ、見えて、松次親分はお眼鏡《めがね》に叶《かな》う働きをしていたに違いない――

田端は珍しく、冷や酒三杯ほどで引き上げて行った。

「下戸《げこ》の松次親分、あれほど、常日頃から、菜に拘《こだわ》っての食いしん坊ですもの、家で休んでるとしたら、さぞかし、三度のご飯が気にかかるでしょうね」

おき玖は案じた。

「親分が住んでいるのは南八町堀でしたね」

「そうよ。まさか、季蔵さん、日に三度届けるなんて、言い出すんじゃないでしょうね」

「朝は無理としても、三吉《さんきち》に頼んで、昼餉と夕餉は届けられます」

「そうは言っても、品数の多いお弁当は結構、手の掛かるものよ。それでなくとも、季蔵さんは――」

四

――怪談噺に合わせる料理のことがあるでしょうに――

「実は松次親分への差し入れで、〝へっつい幽霊〟の料理を思いついたのです」

季蔵はにっこりした。

「まあ、どんな？」

「丼物《どんぶりもの》です。これなら、この暑い最中《さなか》、それほど手間をかけずに、ささっと出来ます。一つ、塩梅屋ならではのへっつい飯を作ってお出ししようかと」

「たしかにご飯はへっついで炊くわね」

へっついは大鍋《おおなべ》をかけて、煮込みの料理をすることもあるが、多いのは何と言っても釜《かま》での飯炊きであった。

「そう考えると、やはり、〝へっつい幽霊〟にはへっつい飯でしょう？　手間いらずのへっつい飯なら、何とか、日に二回、松次親分のところへ運んでさしあげられますし――」

「それで、どんな味にするの？」

「五種類はお出ししたいと思っています。とりあえず、菜のいらない、具入りの飯を七つほど思いついたのですが――」

季蔵は紙に丼物の名を書き始めた。

海老《えび》飯
いか飯
鯛《たい》飯
かぴたん飯
山吹飯
道灌《どうかん》飯
石明魚《なまがい》飯

「山吹飯、道灌飯以外はどれも魚介入りね。なるほど、これなら、どれを食べても満足できる」

「早速、今日から、松次さんに作って届けることにします。松次さんだけではなく、三吉やお嬢さんにも食べてもらって、話を聞き、どれを塩梅屋のへっつい飯にするか決めます」

「いい考えだわ」

こうして、季蔵のへっつい飯作りは始まった。

どの飯にも共通しているのは、熱いかけ汁をかけることであった。炊き上げた米二合に対して、三合ばかりのかけ汁が必要で、削り節でとった出汁《だし》に醬油小さじ一、塩小さじ四分の一が基本である。

海老飯は、背わたを取った海老を塩少々で茹《ゆ》でた後、殻を取って身をほぐし、醬油少々と塩、出汁で調味して、炊きたての飯と混ぜ、木の芽を飾ってかけ汁をかける。

「海老飯は紅白が綺麗ね」

おき玖は感嘆した。

いか飯は、いかをさっと熱湯に通し、一寸（約三センチ）ほどの細切りにして、海老飯同様に調味し、細かく揉《も》んだ海苔《のり》、小口切りのねぎ、手に入ればすり下ろした辛《から》み大根、わさびをのせ、かけ汁をかける。

「こりゃあ、何とも、粋な味だ」

ちょうど、来合わせて相伴《しょうばん》した豪助が唸《うな》った。

これが鯛飯となると、具にする鯛の切り身と中落ちを湯通ししておき、酒入りの昆布の出汁で飯を炊く。湯通ししておいた鯛は、調味せずに、炊きあがった飯にさっくりと混ぜる。また、鯛飯のかけ汁は葛粉《くずこ》でとろみをつける。

そして、同じ鯛を使っても、かぴたん飯となると、鯛はさくどりした刺身用で、そぎ切りにして塩をふり、生のまま使う。かけ汁には焼き上げた鯛の骨をすり潰《つぶ》し、漉《こ》し器《こ》にかけて味噌《みそ》と一緒に加えるので、こくがある。海苔やねぎをのせた上に、一味唐辛子、粉ざんしょうを振りかけて仕上げる。

「鯛なんぞ、滅多に食えねえから、どっちも美味いけど、かぴたん飯の方が腹にたまる分、拵《こしら》えるのがてえへんだ」

かった。三吉は鯛の骨のすり潰しに音を上げた。鯛の骨は焼いても固く、すり潰すのに手間がかかった。

「そんな根性のないことでどうするんだ」

叱《しか》った季蔵に、

「鯛のご飯は二つのうち、どっちかでいいんじゃない？　あたしね、そのかぴたん飯っての、どうも今一つなのよ。かけ汁の味が深くて濃くて、美味しいには美味しいんだけど、江戸っ子好みじゃないような気がして――」

「かぴたん飯というからには、南蛮の料理と関わりがありそうですね。骨をかけ汁に使うのも珍しいし」

「一味や粉ざんしょうとも相俟《あいま》って、なんかよそよそしいの。葛粉でとろみをつけた普通の鯛飯の方が馴染み深い感じ」

「それでは、鯛は鯛飯だけにしましょう。よかったな、三吉」

さすがに三吉は、ばつの悪い顔でうつむいた。

「それで、松次親分は飯について、何か、言ってるか？」

季蔵はそれが気がかりであった。松次に飯を運び始めて二日が過ぎている。

話の矛先が変わったので、

「それがね」

三吉はほっとした表情を向けた。

「それが何にも言わねえんで。初めの日に、おいらがこれから、飯を届けるからって話して、飯に汁をかけようとすると、持っていったかけ汁の小鍋を、〝もう一度火にかけろ。汁かけ飯は熱い汁が売りだろう〟って怒鳴られたんだ。それで、いつも、必ず、おいらはかけ汁を温めさせられてるんです」

「何も言わないってことは、美味しく食べてくれてるんじゃないかしら。残してる様子はないし」

おき玖が相づちを求めると、

「親分は黙々と食べて、〝もう、いいぞ〟って、俺に丼を差し出す。仏頂面はきっと、足が悪いせいだと思う」

三吉は頷いた。

次の山吹飯、道灌飯には魚介が入っていない。

山吹飯はその名の通り、かた茹でした卵の黄身だけを漉し器で裏漉しし、三つ葉を散らしてかけ汁をかける。あたかも山吹の花の盛りのように見える。

道灌飯は染飯《そめいい》と言われる、山梔子《くちなし》の実の抽出液で炊いた鮮やかな黄色の飯に、茹でて裏漉しし、醬油、塩、だしで調味した長芋をふわりと乗せ、わさびを添えて、かけ汁をたっぷりとかけて仕上げる。

これらを届けた時も、松次は三吉に無言であった。

一方、おき玖は、

「山吹飯って、三つ葉の香りが何ともいえず上品で、まるで、京風の卵かけ飯みたい。かけ汁に、煎《い》り酒を垂らしても美味しいかもしれないわ」

煎り酒とは足利将軍の頃から伝えられてきた、酒に梅干しを煮出して作る調味料である。季蔵の塩梅屋では、先代長次郎からの秘伝の技を受け継ぎ、酒と梅干しだけの一種ではなく、味醂《みりん》、鰹《かつお》、昆布と数種の煎り酒が使われている。ちなみに卵料理に合うのは鰹風味の煎り酒であった。

「それから、道灌飯は、山吹飯って名でもよかったのかも。だって、太田道灌が簑《みの》を借りようとして雨宿りをした場所には、山吹の花が盛りだったっていうもの。どっちも、黄色が目に鮮やかだから、あたし、これも、どっちかでいいと思うわ」

頷いた季蔵は、

「それじゃ、三吉に決めてもらおう。どっちだ、三吉？」

「ほんとのこと言うと、おいら、あんまし、山吹飯が好きじゃねえ。固茹で卵の黄身がぱさぱさしてるんだもの。飯にかかってる黄身は白身といい具合に混じって、とろーっとしてねえと美味えとは思えねえんだ。だって、おいら、京のお公家《くげ》さんじゃねえし――」

「道灌飯は長芋をしっかり茹でて、裏漉しにする。生のままのつるっとした舌触りはなくなる。こっちも駄目か？」

季蔵は真剣な目を三吉に向けた。

「長芋の方はしっとりしてる。卵の黄身とは違うよ」

「それじゃあ、道灌飯は生かそう」

「道灌飯の山梔子と長芋は身体に優しそうだし、さらりとした口当たりが後を引くから、案外、人気かもしれないわよ」

おき玖も賛成して、新しい紙に、

―へっつい飯―
海老飯
いか飯
鯛飯
道灌飯

と書き直した。

そして、いよいよ、最後は豪勢な石明魚飯であった。

「生の鮑を飯に使うなんて、凄《すご》いですね」

三吉は目を丸くした。

「鮑は夏が旬なんだ。普段は高い料理屋でしか食べられないが、夏に限って、ここでも少々は味わってもらいたい」

季蔵は鮑にたっぷりの塩を載せ、タワシで磨いている。

タワシを受け取ろうとした三吉に、

「手伝います」

「黙って見ていろ」

季蔵の声はいつになく厳しかった。

えんぺらの部分は念入りに掃除し、水洗いして、殻の薄い方から木杓子《きじゃくし》を差し込んで、身を殻から外す。

「実はわたしも、とっつぁんの仕事を見ていて覚えたんだ。今のおまえと同じことを言ったら、〝沢山は仕入れられない大事な鮑だ。おまえに任せて、駄目にされたら、愉《たの》しみにしているお客さんたちに合わす顔がない〟と言われた」

季蔵は包丁を取ると、腸《はらわた》を除き、えんぺらを切り落とすと、薄いそぎ切りにした。

五

「うちじゃ、鮑の切り身が薄いが、これが高い店だと、もうちょっと厚く切る。鮑は贅沢《ぜいたく》に厚めに切った方が美味いんだと、これもとっつぁんから教わった」

三吉は緊張の面持ちでこくっと頷くと、季蔵の手許《てもと》を見つめ続けた。

「後の段取りはほかの飯物と同じだ。鮑を煮付けた汁で飯を炊く。やってみろ」

三吉は震える手で鮑を小鍋に移すと、出汁と醤油、少々の塩を加えて煮た。煮汁を釜に移して炊きあげると、鮑ならではのいわく言い難い美味な匂いが立ち上った。

「飽と混ぜておいてくれ」

三吉が混ぜ合わせている間に、季蔵は茗荷《みょうが》の用意をした。茗荷を牛蒡《ごぼう》のささがきのようにささ打ちにして、水に浸して灰汁《あく》を取り除く。

飽飯はしばらく味が馴染むまで蒸らし、飯椀《めしわん》に盛りつけて、かけ汁を張り、茗荷を乗せる。

「松次親分にはわたしが届けよう」

季蔵は松次を訪ねることにした。

──やはり、気になる──

あれだけ、食べ物にうるさい松次が何も言わないのは、何か、思うところがあってではないかと思われた。

松次は京橋川に架けられた中ノ橋を渡った先にある、ちんまりした一軒家に住んでいた。

──長屋なら相長屋のかみさん連中から差し入れもあるのだろうが──

田端が独り住まいの松次を案じるのも無理からぬことに思えた。

「ごめんください」

戸口から声をかけた。

「誰だい？」

聞き慣れた松次のやや嗄《しゃが》れた声が聞こえた。

「わたしです。塩梅屋の季蔵です。今日はわたしが昼餉をお届けにまいりました」

「入ってくんな」

中に入ると、

「ここだよ」

松次の声は奥の座敷から響いてきた。松次は猫の額ほどの庭が見渡せる、座敷の縁側に座り、時折、痛む足をさすりながら、退屈そうに煙管《キセル》をふかしていた。

「今、すぐ、かけ汁を温めます」

季蔵は厨《くりや》で石明魚飯を仕上げると、

「どうぞ」

松次に勧めた。

「おう、鮑とは気張ったな」

ぱっと目を輝かせて、あっという間に平らげた松次だったが、季蔵が期待した、

「美味い」

という言葉は口から出て来なかった。

「いかがでしたか？」

「鮑の飯だもの、言うことはねえだろう」

「お味の方は？」

いささか、しつこすぎると季蔵は我ながら思った。それで、

「実は――」

近々、塩梅屋が怪談噺と料理で納涼会を催す話をした。

「親分の舌をお借りして、ふさわしいへっつい飯を幾つか、選んでいただければと思っていたんです」

「〃へっつい幽霊〃とかけて、へっつい飯ってえのは悪くないぜ」

松次は金壺眼《かなつぼまなこ》を瞠《みは》って興味を示した。

「けど、海老飯だけはいただけねえ」

「お気に召しませんでしたか？　海老の赤と飯の白、紅白に拘ったつもりでしたが」

「海老の旬は冬だろう。今頃の海老は身の締まりが悪い。海老飯は海老と飯だけなんだから、海老がぷりぷりしてねえと、話になんねえ」

「後は？　道灌飯の長芋も旬ではありませんが」

「そうかい。あれは気にならなかったが、そう言われてみりゃあ、秋か冬の酒の後、田端の旦那に食わせてやりたい代物かもしんねえな。とはいえ、海老飯のほかは、どれも美味かったぜ。有り難かった」

松次の頭が浅くではあったが下がり、

――いつになく、礼を言われているのだ――

普段の高飛車な様子からは思いもつかないことだったので、内心、季蔵は困惑した。

――何か、親分は悩みを抱えているのではないか――

気になったものの、とりあえずは話をかえるために、

「よく手入れの行き届いているお庭ですね」

茄子《なす》や胡瓜が実をつけている庭を見渡した。

——足を痛めている親分に庭仕事ができるわけがない。通ってくる手伝いがいるのだろうが——

「胡瓜はそれほどでもねえが、茄子は好物なんだよ。とりわけ、油で炒《いた》めた茄子を味噌と醤油、砂糖で煮付けるのが好きでね。唐辛子をちょこっと混ぜてもいい。これさえあれば、飯が何杯でも食える」

ぺろりと舌なめずりをして見せた。いつもの人を食ったような表情がかいま見えた。

——鮑の石明魚飯を平らげたばかりだというのに——

季蔵は半ば呆れたが安堵《あんど》した。

——大丈夫、この調子だと、親分はすぐに良くなるだろう——

「そうだ。塩梅屋、胡瓜と茄子をもいで行ってくれないか。俺はここんとこ、足が痛くてろくろく動けねえんで、次々に実をつけるこいつらを食い切れないでいる」

「では、お世話をしに来る人に差し上げたらいかがです？」

「お美代《みよ》のことかい？」

「庭の水やりなどはお美代さんという人がなさっているんですね。これは艶《つや》めいたいいお話を伺いました」

——想う相手が出来ると、人は角が取れて丸くなるともいうな——

「おいおい、誤解してもらっちゃ、困るぜ」

松次はあわてて、口から泡を吹きかけた。

「まあ、そう、恥ずかしがらずに」

「そうじゃあ、ねえんだったら。お美代と言ったのが不味《まず》かったな。水やりに来てくれてるのは、お美代坊なんだ。岡っ引きの娘だよ。俺は娘のお薗《その》が遠くへ嫁に行っちまったから、足を怪我したと聞いて、飛んで来てくれたのは有り難《がて》えが、ちょいとめんどうな頼みも持ち込んできてな——」

「お訊《たず》ねしてもよろしいですか？」

松次は話したがっているように見えた。

「娘岡っ引きってえのをどう思う？」

「突然、そうおっしゃられても——」

「それじゃあ、女料理人は？」

「相応の修業で腕を磨く覚悟があればよいと思います」

「ふーん、そんなもんかね」

松次は大きくため息をついて、

「お美代坊のおやじの岡っ引きは、芝口《しばぐち》の善助《ぜんすけ》と言った。善助も俺も女房に先立たれた男やもめでね、近い年の娘が一人ずつ。それで気が合った。つきあいのあった頃は、よく娘たちを連れて、縁日や花見に一緒に行ったもんさ。ところが、善助はお美代坊が十歳になると、手習いを止《や》めさせて、娘岡っ引きにすると言い出した。当人もそれを望んでいると言うことだったが、俺は反対だった。女だてらに、一歩間違えば命を落とす捕り物だなんて、とんでもねえってね。〃善助、おまえは跡継ぎを欲しがってるだけだ。女のお美代坊を男の子代わりにしようとしている。お美代坊はまだ子どもで、今はおとっつぁんの言いなりになってるが、父親さえ、考えを改めれば、女の幸せは嫁いで子を産むことだってわかるはずだ〃と口をすっぱくして夜通し諭《さと》した。けど、善助は聞く耳を持たず、これを機に俺の方から縁を切った。お菌とお美代坊は姉妹のように仲がよかったから、お菌がお美代坊を倣って、娘岡っ引きになりてえなんて、言い出したら困ると、俺は心底気がかりだったんだ。何年か経《た》って、岡っ引きの善助が、娘のお美代を下《した》っ引《ぴ》きに使って、たいした手柄を上げているという噂《うわさ》が聞こえてきた」

「頼まれ事というのは、そのお美代さんからのものですね」

「半年ほど前に善助が死んだ。酒に酔って神田川の川岸から足を滑らせたんだそうだ」

「当然、お美代さんはお父さんの後を継いだのでしょう?」

「なぜか、娘岡っ引きでは頼りねえと、定廻りの旦那方は、どなたも手札をくださらなかった。お美代坊は善助の後を継げねえんだそうだ」

「それでは、あまりに一方的すぎます」

「俺もそう思う」

「それでは今、お美代さんは?」

「幸《さいわい》町の源心《げんしん》に頼み込んで、病人のいる家の通い手伝いで糊《こ》口《こう》を凌《しの》いでいるとさ。お美代坊が俺のことを知ったのも、たまたま俺が源心にかかっていたからだよ」

「なるほど」

「お美代坊は、善助は殺されたんだと思い詰めてる。何とかして、善助を殺した奴を探し出して、父親の仇《かたき》を討ちてえと。それで、水やりを口実に俺のとこへ通ってきて、お願いだから、下っ引きに使ってくれと言い続けてるんだ」

　松次は両眉を下げ、口をへの字に曲げた。

「何とも、困っちまってるのさ」

六

「お美代さんの岡っ引きとしての腕はどうなのです？」

「おやじとはいえ、あの腕っこきの善助の下でしごかれたんだ、女ながら、たいしたものだと評判だった」

「それなら、お美代さんを使うに越したことはないように思います。こうして休んでいる親分を前に、ぶしつけですが、今のままが続くと、田端の旦那も何かとご不自由なのではと――」

「まあ、その通りなんだが」

　松次の口はますますへの字が深くなった。

「何か、案じられることでも？」

「お美代坊はうちのお薗より二つ年上の姉さんだ。もう、二十三歳になる。立派な中年増《ちゅうどしま》だ。縁があるうちに女の幸せを摑《つか》んだ方がいい」

「どなたか、お美代さんにご執心の方でもおいでなのですか」

「善助の女房は隣町まで聞こえた小町娘だった。母親似のお美代坊も小股《こまた》の切れ上がったいい女だが、女だてらにおやじの仕事なぞ手伝《みそ》ってたせいだろうね、これという男は出てこなかったそうだ。そんなお美代を見初《みそ》めたのが、あの松島屋徳兵衛だ」

「尾張町の松島屋のご隠居さんですね」

季蔵は念を押した。

「そうともさ。銭両替の松島屋だ」

——松島屋のご隠居といえば、豪勢な屋形船での納涼に、履物屋の喜平さんを招いたお方だ——

「お美代さんを後添《のちぞ》えにということですね」

季蔵は早合点しかけたが、

「そうじゃねえ。色恋なしの養女にってことらしいんだよ。行く行くは、松島屋の娘として嫁に出したいんだそうだ」

「徳兵衛さんと亡くなった善助さんは、きっと、お親しかったのでしょうね」

「お美代坊が言うには、湯屋の二階で将棋を差し合う仲だったそうだ」

「──それでは、喜平さんとあまり変わらないな。もしかして──

「徳兵衛さんの倅さんで、今の松島屋のご主人は独り身ですか？」

「いや、男の子が二人居る」

「それでは、病気がちのお内儀《かみ》さんに先立たればかりとか──」

「それもねえよ。松島屋のお内儀は苦労人の徳兵衛さんが、奉公人の中から選んだ太り肉《じし》の女だ。お世辞にも美人じゃあないが、いつもころころマメに働いていて、よく気がつき、何より笑顔が明るいと皆、感心している」

「徳兵衛さんの倅さんは、跡を継いでいる今のご主人だけですか？」

「そうさ」

──ということは、次男の嫁にでもしようというのではなさそうだ──

「松島屋のご隠居が養い親で、後ろ盾になってくださりゃあ、鬼に金棒だ。下っ引きをやってた中年増と言ったって、あれほどの器量だし、縁談は降るほど舞い込むだろうよ。こんな有り難え話はほかにねえ」

　そうは言ったものの、松次は腕組みをしている。

「どうやら、お美代さんは徳兵衛さんの養女になりたくないようですね」

「それより、善助、父親の仇を討ちたい、その一点張りだ。ったく、一度、言い出したらきかねえ頑固なところなんぞ、父親譲りで困ったもんだよ」

　松次は煙管を咥《くわ》え直すと、ふーっと紫色の煙を吐き出した。

「徳兵衛さんをよくご存じですか？」

季蔵には、喜平を屋形船に招くぐらいのことはともかく、将棋仲間の忘れ形見を養女に迎えたいというのが、金持ちゆえの酔狂と言ってしまえばそれまでだが、どうもぴんと来なかった。

「隠居仏、仏の徳兵衛と言われてる」

「それほど、皆に施《ほどこ》しているのですか？」

「気の利いた振る舞いはいつものことだそうで、何せ、生業《なりわい》は両替屋だからね、俺たちが思いもつかない偉《え》れえ人にも、きっと、顔が利くんだろうよ。徳兵衛に話すと、ほどなく、嫌々改心した家主《いえぬし》（大家）が、雨漏りのひどかった長屋の屋根を直したり、疱瘡《ほうそう》や悪い風邪《かぜ》が流行《はや》った時、日頃、金持ちばかり診ていて、往診に来なかった医者が駆けつけてきたという話を聞いた」

「それでお美代さんも――」

「たぶん、徳兵衛は善助の働きを知っていて、草葉の陰で、遺《のこ》してきた一人娘のことを心配してるに違《ち》げえねえから、力になろうとしてるのさ」

そう言われれば、なるほどと思えてきた季蔵は、

「徳兵衛さんがそこまでのお方だとすると、養女にしたお美代さんが、親分や田端の旦那のお手伝いをすることを許すのではないでしょうか」

「まるで、俺の方ががちがち頭のわからず屋のような言い草だな」

松次は少々、気を悪くした。

「いえ、それほど、顔の広い徳兵衛さんなら、お上のお役に立っている娘を嫁にしたいという方も、きっと、ご存じのはずだと思っただけです」

季蔵はさらりと応えた。

「なるほど、そうだったか。それなら、お美代坊は得心するし、俺も多少は安心だ。たしかに、ここいらが落としどころだな」

頷いた松次は、

「田端の旦那にご不自由をかけてるってえのに、こうして、毎日、届け物をいただいてる――」

空の丼鉢を見つめて洟《はな》を啜《すす》った。季蔵は三吉に塩梅屋からの差し入れはすべて、田端の指図によるものだと松次に伝えさせてある。

「たしかにご恩返しは、お美代をお役目につけるしかねえが、どうだい、季蔵さん、女の下っ引きを旦那は喜ぶかね？」

松次に問われて、

「田端の旦那は仕事が出来る者なら、男、女は問わないお方だとお見受けしています」

季蔵はきっぱりと言い切った。

「そうか、拘ってるのは俺だけか」

季蔵が応えずにいると、

「あと問題はお美代坊だ。どう話したらいいものか——」

松次はしきりに首を捻った。

「この際、あれこれ、持って回らず、松島屋の養女になる代わりに、下っ引きにするとお美代さんにおっしゃることです」

「徳兵衛の意向はいいのかい?」

「どのみち、下っ引きになれない以上、お美代さんの心は、松島屋の養女には向きません」

「わかった」

——思いもかけぬ相談事だった——

こうして、もぎたての胡瓜と茄子を持ち帰った季蔵は、しばし、離れで、先代長次郎の料理日記をながめ続けた後、

「海老や長芋が旬ではない海老飯と道灌飯を外して、別のものにしました」

おき玖に打ち明けた。

「察しはついてるのよ」

おき玖は笊《ざる》の中の胡瓜と茄子に目をやった。

「夏の青物を生かすのね」

「かけ汁をかけないものや、冷たいかけ汁で味わうものがあってもいいのだと気がつきました」

季蔵はまず、かけ汁をかけないものとして、松次の好物である茄子の炒め味噌煮を塩梅屋風に作ることにした。

三吉に買いに走らせた鶏の胸肉は、すでに丁寧に叩《たた》かせてある。これを菜種《なたね》油で色が変わるまで炒めていったん取りだしておく。油を足して、乱切りにした茄子を炒め、鶏肉と合わせる。味噌と醤油の代わりに味醂風味の煎り酒を加え、砂糖はやや控えめに使い、よく味が絡むまで煮て、最後に唐辛子を散らすと出来上がりであった。

味見をしたおき玖は、

「茄子と鶏そぼろのそれほどしょっぱくない佃煮《つくだに》みたい。甘辛さだけではなく、唐辛子のピリ辛味も絶妙。これなら、かけ汁がなくても、ご飯の上にかけるだけで食が進むわね」

感嘆した。

次に季蔵は三吉にすり鉢を取り出させた。

「とっつぁんの日記に、冷や汁飯というのがあって、故郷が日向国《ひゅうが》（宮崎県）の人から聞いた料理だと書かれていました」

三吉がすり鉢で胡麻《ごま》を当たった。

「おっと、これも忘れずに」

山椒《さんしょう》の葉や青紫蘇《じそ》もすりこませる。

「次は味噌と昆布風味の煎り酒だ」

焼いて香ばしい味噌と煎り酒が混ざったところで、

「わたしが代わる、冷たい井戸水を汲《く》んでこい」

季蔵は三吉に井戸へと走らせた。冷や汁は、すり合わせた胡麻や味噌を、舌に心地よいほどに伸ばして仕上げるのだが、この塩梅がむずかしい。

擂《す》り粉木《こぎ》を手にして、すり鉢に井戸水を注ぎながら、掻《か》き混ぜている季蔵は、

「胡瓜をできるだけ薄く切ってくれ。薄さも味の決め手の一つだ」

三吉を促した。

七

こうして、〝へっつい幽霊〟の噺と共に供されるへっつい飯五種は以下と決まった。

茄子と鶏そぼろの炒め味噌煮飯
いか飯
鯛飯
冷や汁飯
石明魚飯

茄子と鶏そぼろの炒め味噌飯を、南八町堀の松次に届けさせたところ、

「松次親分、初めて、〝こりゃあ、美味え〟って言ってくれました」

三吉は大喜びで、季蔵に伝えて、

「それから、親分、季蔵さんに礼を言ってくれって。そういえばわかるって」

小首をかしげた。

――上手《うま》く運んだようだ――

季蔵がほっと胸を撫《な》で下ろしていると、はじめての納涼会を明日に控えて、

「ご免」

田端が油障子を開けた。

「いらっしゃいませ」

おき玖がいつものように笑みを浮かべ、出迎えようとしたが、

「あら」

一瞬、驚いて目を瞠った。

「まさか、芝口の美代吉《みよきち》親分？」

田端の後ろにはお美代が立っている。髪こそ小さな島田に結っているものの、紺の股引《ももひき》を履いて、赤い縞《しま》木綿の裾《すそ》をからげた娘岡っ引き姿であった。

「いやだよ。あっしは親分なんて名のったことはねえ。善助の下で働いていたけちな下っ引き、美代吉なんだから」

お美代は当惑気味に頰を染めた。色白で眉がりりしく、目鼻立ちのはっきりした、美剣士にしたいような美女である。

「だって、噂じゃ、亡くなった善助親分にしっかり仕込まれたお嬢さんのお美代さん、つまり、美代吉さんは、善助親分以上だって、聞いてますよ」

おき玖はうっとりとしたまなざしでお美代を見つめた。

――いい男っぷり。本当は女っぷりなんでしょうけど、女が女に惚れるってこれなんだわ――

「お嬢さんは以前からご存じだったのですね」

「芝口の美代吉の話なら、俺も聞いたことがある。瓦版《かわらばん》に載ってたことだってあるんですよ」

三吉まで知っていた。

――お美代さんが美代吉なぞという男名で呼ばれ、親分とまで崇《あが》められていたことを、今まで、知らなかったのは、わたしだけだったのか――

「季蔵さんは仕事にばかり精を出しているから、浮き世の噂話なぞ、耳に入らないのよ」

おき玖の言葉に、

「実はわしも知らなかった」

困惑顔の田端は床几に腰かけた。

「旦那もお仕事以外お目に入らないロなのでしょう」

――それとお酒ね――

おき玖は素早く、田端のために冷や酒の用意をした。

「親分はどうされます?」

　どうしても、浮き立つ心を抑えることができない。

「じゃあ、あっしも冷やを」

「はいはい」

　おき玖はいそいそと酒を湯呑みに注《つ》いだ。

「しばらくはこちらが、松次親分の代わりですか?」

　季蔵は田端とお美代を交互に見て、鰺《あじ》の姿作りを肴に出した。鰺は旬なのでこのところ、鰺の酢の物、鰺の南蛮漬けなど、塩梅屋の品書きには鰺料理が並んでいる。

「あの松次親分の代わりが、親分でもねえあっしじゃあ、ちょいと、おこがましいんですがね──」

　お美代は案じるような視線を田端に向けた。

「女のあたしじゃ、田端の旦那はご不満でしょうが、そこはご勘弁いただくことにして──」

「不満ではない」

　田端はお美代の言葉を遮った。

「おまえの働きは聞いている。女ではあっても、松次に引けはとるまい。ただし、松島屋に住まうのは困る」

　──これは難題だ──

代わりを務めさせることを条件に、松島屋の養女になるよう勧めてはと、松次に提案したのは季蔵であった。

「どうして、松島屋さんがお美代さんの養い親では困るのです?」

季蔵は訊かずにはいられなかった。

「松島屋を養い親にしてはいかんと言っているのではない。だが、日々、松島屋から出入りして、市中を見廻るのはよろしくない。悪い奴らの網は常にそこかしこに張りめぐらされている。両替屋の松島屋となれば、なおさら、その網も厳重に張られていることだろう。美代吉、おまえの娘岡っ引き姿は目立つ。悪者たちは、岡っ引き姿で出入りするおまえが、松島屋の養女だとわかれば、掠《さら》って法外な身代金をせしめようとするかもしれない。あるいは、おまえを仲間に引き込んで、松島屋に押し入ろうとするかもわからない。どのみち、養い親の松島屋は、おまえのせいで、狙《ねら》われることになりかねないのだ」

「こう見えても、旦那、あっしは」

鼻白《はなじろ》んだお美代は、ぐいと冷や酒を飲み干すと、やおら、両腕をまくりあげて、力こぶを盛り上げて見せつつ、

「ほれ、このように」

「この腕で、盗っ人たちを何人も踏ん捕まえてきたんですよ」

口惜《くや》しそうに唇を嚙《か》んだ。

「誰が、むざむざ、掠われたりなぞ、するもんか」

「もとより、松島屋を狙うような奴らは、おまえが敵《かな》う相手ではない」

田端はきっぱりと言い切った。

「出会ったこともないような、始末の悪い連中だ」

「お美代さんは今どこに？」

「芝口だよ」

「いっそ、引っ越して、松島屋さんの近くに住まわれるというのはいかがです？」

行きがかり上、季蔵は打開策を口にした。

「そりゃあ、いい考えだね」

お美代の目がぱっと輝いた。

「実は徳兵衛さんに会ったんだ。厳しかったおとっつぁんと違って、優しい人だった。あの人なら、それでもいいって言ってくれそうだ」

――よかった――

正直、季蔵はお美代と同じか、それ以上に安堵した。

「けど、引っ越しはすぐには無理だな」

お美代は湿った声を出した。

「だって、おとっつぁんと長年、身を寄せ合って暮らした長屋だもの。近所にずっと親しくしていた人たちもいることだしね。徳兵衛さん、それでもいいって、言ってくれるといいんだけど――」

　すると田端は、

「おまえが松島屋に住まうのでなければ、あとのことは何でもいい」

　興味なさげに言い放ち、空の湯呑みを取り上げかけると、

「すみません、気がつきませんで」

　あわてて、おき玖が田端とお美代に酒を注いだ。

　この後、田端はひたすら飲み続け、酔ったお美代は父親の仇を討ちたいという一念を口にした。季蔵が明日の夕べは、かつての二つ目松風亭玉輔が、特別に〝へっつい幽霊〟を噺すのだと告げると、

「幽霊っていえばね、あっしはおとっつぁんに毎晩、会ってるんですよ」

　そこに幽霊でもいるかのように、お美代は酔眼《すいがん》を壁に据えた。

「不思議と今、住んでる家の中に、おとっつぁんが居るんだ。死んじまって、青ぶくれの土左衛門《どざえもん》になった姿も、この目で見てるっていうのに、どういうわけか、おとっつぁんはまだ生きてる。つまりは、これ、夢なんだろうね。毎晩、家で寝てて、見る夢ってえのが、おとっつぁんと暮らしてた時の夢なんだ。だけど、夢ん中のおとっつぁんときたら、生きてる時にも増して、怒りっぽくてね。おとっつぁんって人は、悪い連中に鬼の善助って恐れられただけあって、日頃から、口より手の方が早くて、あっしなんぞ、子どもん時から、何度、布団の中で声を殺して泣いたか――。それでも、飯の時だけは、煮炊きが上手かったおっかさんの血を引いたんだろうって、あっしを褒めてくれて、多少は笑ってくれたたん

だが、夢の中でのおとっつぁんは、あっしがへっついで炊いた飯を、浅蜊《あさり》の入った好物の深川飯にして出しても、いっこうに箸を取ろうとしねえ。目は三角のまんまで、何やら深く思い詰めてる様子なんだ。それが続いて、これは往生してねえ、おとっつぁんは殺されたんだとぴんと来た。そもそも、あっし同様、酒に強いおとっつぁんが、川岸で足を滑らすなんて、考えられねえこったよ」

この夜、お美代は〝へっつい幽霊〟ならぬ、娘の作ったへっつい飯を食べようとしない幽霊の話をした。だから、是非とも、おとっつぁんの仇を討ちたいのだと——。

第二話　三年桃

一

納涼会の初回は盛況で、立ち見客が出るほどであった。

「店に入りきれないほど、お客さんが来てくれるなんて、思ってもみなかったわ。おとっつぁんが生きていたら、きっと、泣いて喜んだでしょうね」

翌日、まだ興奮が冷めやらないおき玖《く》の言葉に、

「はて、お客さんを集めたのはいいが、お出しする料理がろくでもなかったと、大目玉を食ったかもしれませんよ」

「そんなことなかったじゃない。へっつい飯はどれも好評だったわ。皆さん、五種とも一通りは召し上がってた」

「仕舞には、茄子《なす》と鶏そぼろの炒《いた》め味噌《みそ》煮《に》と冷や汁が足りなくなりましたね」

「鮑飯《あわびめし》は遠慮なすったんだろうけど、茄子と冷や汁のお代わりが多かったわね」

「昨夜は遅くまで、暑さが残ってましたから、身体《からだ》が冷たいかけ汁の飯を恋しがったので

しょう」

昼過ぎて、喜平《きへい》がふらりと一人で訪れた。

「昨日は上手《うま》い噺《はなし》と美味《うま》い飯をありがとさん」

まず礼を言ってから、

「それにしても、〝へっつい幽霊〟ってえのは、何度聴いても、人の業《ごう》が身に迫る話だよ」

「人の業？　それ、これからもずっと取り憑《つ》いて、博打《ばくち》を続けると言い放つ、幽霊の業じゃないんですか？」

おき玖は意外だという顔をした。

「あの幽霊、どう仕様もなく、博打とお金が好きみたいだし」

「おき玖ちゃん、まだ若いねえ」

喜平はにやりと笑い、

「最後の幽霊の言い分はね、博打と一攫千金《いっかくせんきん》に取り憑かれた、ろくでなし二人の本性なのさ。だから、二人にとって幽霊は自分たちの鏡、末路みてえなもんだ。人ってえのが生きるには、たとえ、いずれは身を持ち崩す博打みてえなもんであれ、取り憑かれるほどの生き甲斐《がい》がねえと駄目だってことだよ。そいつが人によっては、欲得だったり、立派に包丁を握ることだったりする、ねえ、そうだろ――」

季蔵《としぞう》に相づちをもとめた。

「〝へっつい幽霊〟の二人の男と幽霊が憎めないのは確かですね」

季蔵は微笑《ほほえ》むと、

「でも、いくら生き甲斐でも、博打で身を持ち崩して、おかみさんや子どもを路頭に迷わせたり、盗みを働いたりしたら、わたしは憎むわ」

「それはそうです」

おき玖にも相づちを打った。

「わしの言いたかったのは、博打打ちの庇《かば》い立てじゃあない。要は、人ってえのは、どんな奴でも、何か一つ、これはという肝《きも》がある。それが他人様《ひとさま》にはつまんねえ、よくわかんねえことでも、そいつには後生大事で、一歩も退《ひ》けねえもんだったりするっていうこと、それだけさ」

——お美代《みよ》さんの夢、おとっつぁんの幽霊——

季蔵はお美代の父善助《ぜんすけ》への想《おも》いを心に浮かべた。

「美代吉《みよきち》さん、新しいおとっつぁんになる松島屋《まつしまや》さんに、お許しをいただけたのかしら？喜平さん、何か聞いていません？」

おき玖も気にかけている。

「実はそのことでね」

喜平は苦笑した。

「松島屋の徳兵衛《とくべえ》さんに拝み倒されて、ここへ来たんだよ。あの父親を亡くした美代吉の身の振り方のことで、一つ、頼まれてほしい——」

――松島屋さんは喜平さんにも、知り合った相手の娘を養女にする話を打ち明けていたのか。いやはや、まいった。湯屋の二階の将棋仲間とは、これほど、親身なつながりだったとは――

季蔵は啞然《あぜん》とした。

「わたしたちでお役に立つことなら、何なりと」

美代吉贔屓《びいき》のおき玖は張り切り、

――しかし、何の役に立つというのか――

季蔵は訝《いぶか》りつつ喜平の言葉を待った。

「徳兵衛さんは美代吉と、一つ屋根の下で暮らしたいと言ってる」

――松島屋さんも田端《たばた》の旦那《だんな》にひけを取らず難題を持ち出してきた――

「そうでなければ、養女にする意味がないと言い張ってる」

「困りましたね」

――しかし、どうして、そのことで、喜平さんがここまで足を運んだのだろう――

まだ、季蔵には合点《がてん》がいかない。

「何でも、美代吉から話を聞いた徳兵衛さんは、季蔵さん、あんたが今の家に住み続けるよう、美代吉に言ったと思い込んでいる。あんたの言うことなら、美代吉は言うことを聞くだろうとも。それで、何とか、あんたから説得し直してほしいと言ってるのさ」

「それは違いますよ」

季蔵はあわてて、

「娘岡っ引きとして働くのなら、松島屋に住んではならないと諭《さと》したのは、北町奉行所同心の田端様です」

田端の掲げた条件にまつわる理由を口にした。しかし、

「そのことなら、徳兵衛さんは美代吉から聞いて知ってた」

喜平は困った顔のままでいる。

――そうだったのか。お美代さんは賭《か》けに出たのだ。田端の旦那は松島屋の養女になることを条件にするどころか、深く関《かか》わるようでは、手札《てふだ》を渡さないと言い切っていた。それで、お美代さんは、もともと、そう乗り気ではなかった養女になる話を断るために、わたしが提案した妥協案の松島屋の近くに住む話など、おくびにも出さず、今の家を離れる気はないと言ったのだ。田端の旦那さえ、よしと言わせれば、いずれは松次《まつじ》親分も折れてくれるだろうと。さすが、娘岡っ引きの美代吉親分、なかなかの知恵者だ、これはまいった――

「徳兵衛さんはすっかり、しょげちまってね。年齢《とし》には見えない人なんだが、急に、白髪《しらが》が目立って、五つも六つも老け込んだようなんだ」

喜平は案じる目になった。

「喜平さんは、松島屋さんと深い話をなさるんでしょう?」

おき玖が口を挟んだ。

「うん、まあ」

「前に遊びもせずに、働きづめで、松島屋を今のような大店《おおだな》に築き上げたっておっしゃってましたよね」

「その通りだ」

「お内儀《かみ》さんはどんな女《ひと》だったのかしら？」

「女房運の悪い人でね。貧乏暮らしの時に所帯を持った相手は、死産で産まれた女の子の後を追うように、産後の肥立《ひだ》ちが悪くて死んじまったそうだ。跡継ぎの母親は二番目だが、これも跡継ぎを産んで労咳《ろうがい》で死んだ。普通なら、三番目を迎えるところなんだが、女房に先立たれる悲しみが堪《こた》えて、男寡婦《おとこやもめ》を通してきたって話だ。信じられないのは、これ幸いと、金にあかして派手に女遊びをしそうなもんなのに、死んだ女房たちのことを思い出すと、そんな気になれないってぇんだよ。妾《めかけ》はおろか、色街《いろまち》に通うこともなく、ただただ松島屋のために粉骨砕身、働き通してきたんだとさ」

「お産で亡くなったっていう、最初のお内儀さん、もしかして、お美代さんに似てるんじゃないかって、あたし、思うんだけど」

「そういや、ちょこっと酒が入った時、〝最初の奴は、芝居の女形《おやま》みてえに目鼻立ちがはっきりしてた。本人は男顔を恥じて、丈夫が取り柄だとよく笑ってて、だから、あんなにあっけなく逝《い》ってしまうとは思わなかった〟って、徳兵衛さんは目を潤ませてたな。たしかに、瓦版《かわらばん》の挿絵に出てた、芝口の娘岡っ引き美代吉親分は、徳兵衛さんの好みだろうね」

「本当はお内儀さんにしたいくらいなんでしょうけど、跡継ぎのお孫ちゃんたちもいるんで、そうそうは羽目を外せないのよ、きっと」

「あの生真面目《きまじめ》な徳兵衛さんなら、そうだろう」

真顔の喜平は言葉少なかった。

「女の子を亡くしてて、その後、恵まれなかったわよね。それで、亡くなったお内儀さん似の美代吉さんを娘の代わりに、幸せにすることで、二人の供養をするつもりなんだわ」

――何って、悲しくも切ない、そして、美しい心根の持ち主なのだろう――

涙がこみあげてきて、おき玖は目を伏せた。

「あたし、何とかして、松島屋さんの想いを叶《かな》えてあげたい。けど、そうは言っても、あの美代吉さんがおとっつぁんの仇討《あだう》ちを諦《あきら》めるとは思えないし――」

思わず、おき玖が口を滑らせると、

「仇討ち？　なんだい、そりゃあ？　そんな話は聞いていないぞ」

喜平が目を剝《む》いた。

そこで季蔵はお美代が毎晩、自分の作った飯を食べようとしない父親の幽霊と会っている話をした。

「飯を食わない幽霊？　そいつはたしかにこの世に恨みを残してるにちがいない。何しろ、死んだわしの女房ときたら、今時分、夢に出てくると、必ず、好物の鰻《うなぎ》が食いたいと、色っぽい目でねだってくる始末だからな」

喜平は得心がいったらしかった。

二

その翌々日、また、塩梅屋《あんばいや》を訪れた喜平は、

「昨日、湯屋で徳兵衛さんに訊《き》いてみたよ。やっぱり、おき玖ちゃんの言う通りだった。最初に所帯を持ったお内儀さんの名はお美夜《みよ》、お美代とは一字違いだそうだ。驚いたことに、もう、何十年と夢枕《ゆめまくら》に立ち続けているんだとさ。ところが、芝口の美代吉が死んだ将棋友達善助の娘だと知ってからというもの、夢の中で、お内儀さんの抱いていた赤子の娘がだんだん大きくなって、とうとう、娘岡っ引きの姿になったとか。この供養、何としてでもやり遂げたいと、徳兵衛さんは言ってる。何とかならないもんかな」

ふーっとため息をついて帰って行った。

見送ったおき玖は、

「徳兵衛さんの想いと美代吉さんの想い、どっかでつながるといいけど。このままじゃ、一方がいいともう一方は悪い。美代吉さんがおとっつぁんの仇《かたき》を取るために働けば、徳兵衛さんはお内儀さんの供養ができない、その逆なら、美代吉さんはおとっつぁんの供養を諦めなきゃならないし――」

「盂蘭盆会《うらぼんえ》が近いとはいえ、松島屋さんもお美代さんも共に幽霊のためだったとは――」

「深いわね」

おき玖のため息は切なげだった。

――どうしたものか――

もともと、お美代に妥協を迫る話は、自分から松次に言い出したことでもあり、季蔵の胸中は複雑であった。

仕込みの折、

――はて――

思案にくれていると、

「ごめんください」

長崎屋《ながさきや》五平《ごへい》こと松風亭玉輔《しようふうていたますけ》が店先から入ってきた。

「この間は久々に噺《はなし》を演《や》らせていただいて、楽しい一時《ひととき》でした。聴きに来てくれたおちずの顔も昔のように輝いていて、それもまた、何よりでした」

「まあまあ、毎度のことながらご馳走《ちそう》様」

おき玖は、恋女房のおちずにぞっこんの五平を冷やかした。

「ところで、こうしてお訪ねしたのは――」

言いかけた五平を遮って、

「すみません、お忙しいところをご無理いただいて――。怪談噺をお願いしたのはこちらでしたので、わたしがそちらへ足を運ぶ筋でした」

季蔵は頭を下げた。

「どうか、お気になさらずに。松風亭玉輔に戻れる滅多にない機会ですし、こうして、外に出れば、ほっと一息つけますからね」

「次の納涼会のことですね」

――納涼会は盂蘭盆会まで七日に一度の四回。〝へっつい幽霊〟とへっつい飯が終わったからと言って、二回目まであと四日、うかうかしてはいられない――

「とにかく、二回目の演目がまだ決まっていないので、気がかりで」

「また、お得意のところを――」

「二つ目の頃、わたしは中身が深くないせいか、滑稽味《こっけいみ》のある噺ばかりが上手いと言われましたが、ものにしてみたいのは、しっとりと味わいのある噺なんです」

「でも、怪談噺にそんなのあるかしら？」

おき玖が口を挟んだ。

「何せ、噺の数は多いので、すぐには、これというものを思い出せませんが、こうして、お話をしているうちに思い出せるかもしれません。ところで、季蔵さん、近頃、気になっていることをお話しいただけませんか。それがきっかけで、これだというものを思い出せるかも――」

「そうですね」

季蔵の頭をお美代と徳兵衛の想いがよぎった。

――とはいえ、お客さんの話を口にするわけにはいかない――

黙って、昆布の汚れを落としていると、

「あたしの話ではいけませんか？」

おき玖が話に割り込んだ。

「かまいません」

「あたしの友達の友達のお祖父《じい》さんの話なんですけど――」

おき玖は誰とは名を告げずに、徳兵衛の夢枕に立つ、お産で死んだお内儀の話をした。差し障りがあると思ったのだろう、幽霊が抱いていた赤子の娘のことは省いている。もちろん、お内儀に似た面差しの娘岡っ引きを、養女にしたがっているなどという話も、これっぽっちも出さなかった。

「ふーん」

感心して聞き入っていた五平は、

「面白い、面白い」

終わると両手を打って、

「それはまさに、〝三年目〟ですよ」

「三年目？　これはもう、そのお祖父さんが何十年と見続けている夢よ」

「いえ、わたしが〝三年目〟と言ったのは、〝三年目〟という噺のことです」

「そうだったの」

さすがにおき玖は間の悪い顔になった。

「どんな噺です？」

季蔵は昆布から目を離した。

「怖くて可愛《かわい》い噺です」

「噺してみていただけませんか」

「そうしましょう」

こうして、五平は〝三年目〟を噺すことになった。

〝三年目〟は相思相愛で結ばれた夫婦の別れの場面から始まる。何人もの医者に見放された重病の妻が、今際《いまわ》の際《きわ》に、もし、夫が再婚したら、その晩に幽霊になって出てくると約束する。周囲の勧めで再婚した夫は、半ば恐れ、半ば期待して幽霊の訪れを待っている。

ところが、再婚相手との初夜に幽霊は現れない。後妻との間に子も産まれ、家族仲良く暮らしていると、三年目、先妻の法要の晩、とうとう、長い髪を乱した幽霊が枕元に座る。

〝後妻に子どもまで出来てから出てきても、今更《いまさら》、別れることもできず、これでは約束が違うではないか〟と迷惑がる夫に、先妻の幽霊は、〝葬式の時に習わしで頭を坊主にされたので、三年の間、髪が伸びるのを待っていました。坊主頭で出てはあなたに嫌われるので――〟と言ってのける。

頰《ほお》を紅潮させて聴いていたおき玖は、

「何って、女らしい、素敵な幽霊なんでしょう」

感嘆の声をあげた。

「それに比べ、相手の死に際に幽霊に取り憑かれた男として、独り身を通すと約束しておきながら、半年も経《た》たずに後妻をもらってしまう亭主の図々しいことといったら――」

吐き出すように言ったおき玖に、

「でも、その方が、さっき、おき玖さんが話していた、〝長年、幽霊に取り憑かれている可哀想《かわいそう》なお祖父さん〟なのでしょう？」

五平の念押しに、

「それはそうなのでしょうけど」

おき玖は小声になった。

「おそらく、生きて行くことは、死んでしまうこと以上に複雑なものなのですよ」

季蔵は諭すように言うと、

「その意味でも、しっとりした怪談の〝三年目〟はたしかにいい噺です」

五平に向かって頷《うなず》いてみせた。

「それでは、二回目は〝三年目〟といたしましょう。しっかり、稽古をしてまいります。本当はおちずが死んでいなくなったらと、考えて稽古に励むのがよいのでしょうが、辛《つら》すぎて、とてもそこまでは出来かねますが――」

やや不安げな五平を、

「ようは相思相愛の御夫婦の噺ですもの。これはもう、長崎屋さんにはぴったりのはず。

いい噺を聴かせていただけるに決まってます」

おき玖は励ますような笑顔で見送った後、

「これ、むずかしいわね」

季蔵の方に向き直った。

「何も食べ物に関わってないもの」

「たしかに」

「病気のお内儀さんの食べ物ってとこかしら？　病人となるとお粥《かゆ》？」

「新年の七草粥なら、まあ、何とか、さまになりますが、熱すぎて、納涼会にはふさわしくありません」

「そうねえ」

二人はこれという案が浮かばず、黙り込んでしまった。

この日の夕方近く、お美代が一人でふらりと立ち寄った。

「ここの店の冷やが美味かったから、忘れられなくて。き－んと音が聞こえてきそうなほど、冷やしてあるんだろうね」

――珍しい人だ。冷や酒の冷え具合まで気にするお客さんは、肴《さかな》の方にも御執心だ。なかなかの舌の持ち主なのだろう――

季蔵は感心しながらも緊張した。

「実は夏場だけ、井戸で冷やしてお出ししてるんです。お分かりいただけてうれしいわ」

おき玖は早速、きんと冷えた湯呑《ゆの》み酒でもてなした。

「今日は何か召し上がってはいかがです?」

季蔵は勧めずにはいられなかった。相手の舌を極上と見極めた、料理人としての意地でもあった。

三

「これなどお一つ」

季蔵がお美代の前に置いたのは、四谷成子《よつやなるこ》村で作られる鳴子瓜《なるこうり》である。真桑瓜《まくわうり》の一種で、西瓜《すいか》と並び称される、夏ならではの甘味であった。

「瓜かあ」

お美代はがっかりした表情で、出された皿を見つめた。

「瓜はお嫌いで?」

「うん、まあ、あんましね」

「それでは、騙《だま》されたと思って、召し上がってみてください」

お美代は嫌々、菓子楊子《ようじ》を指に挟むと、薄緑色の果肉に突き刺して、乱暴に口へ運ぶと、

「ええぃ、口直しだ」

冷や酒の入った湯呑みを思いきり傾けた。

すると、瞬時に、

「――ん」

お美代のしかめっ面が元に戻って、

「甘い！」

思わず叫んでいた。

「瓜なのに甘い‼　それに冷や酒によく合う」

お美代の目が季蔵を讃《たた》えている。

「実はそれは、滅多に手に入らない鳴子瓜なのです。甘い瓜で、金真桑の仲間なのですが、その中でも鳴子が一番甘みが強く、冷やすとさらに甘くなります。もしやと思って、冷や酒に合わせることを思いついたのです。どちらも冷えていれば、暑いさ中、一切れ、一服の清涼になるのではないかと――」

瓜には緑色の縞《しま》模様の特徴があり、甘味はあまりないが、大型で日持ちがする銀真桑と、熟すと黄金色で若葉色の筋があり、緑色の果肉がいとも甘い、小型の金真桑とがあった。

将軍家への献上品としても盛名を馳《は》せてきた鳴子瓜は、金真桑の最高峰である。

「美味い――」

お美代はため息をつきながら平らげてしまった。

「あのね、美代吉さん、実はね――」

おき玖は、喜平の名を出しながら、徳兵衛の深い思いを話し始めた。

聞き終わったお美代は、

「あの松島屋のご隠居も幽霊と関わってて、それで、あっしを貰《もら》いてえなんて思ってたってえことだな」

しみじみと感じ入ったものの、

「だからと言って、あっしにご隠居の供養を助ける余裕はねえよ。こちとら、おとっつぁんの仇を取るので精一杯なんだから」

わざと撥《は》ねつけるように言った。

「相変わらず、善助親分が夢枕にお立ちなのですか?」

季蔵は訊いた。

「あたぼうよ」

「夢枕に立つだけで、親分が無念を残して亡くなったと決めつけているのですか?」

畳みかけられたお美代は、

「まさか」

からからと笑ったが、目は季蔵を睨《にら》みつけている。

「あっしはこれでも岡っ引きのはしくれだよ。夢におとっつぁんの幽霊が出てくるだけで、恨みを残してるなんて、決めつけるわけがねえ」

「それでは、確たる証《あかし》をお持ちなのですね」

「知れたことさ」

「お話しいただけませんか」

「そう言われてもな――」

お美代は残っていた湯呑みの冷や酒の残りを呷《あお》った。

「こういうところは、人の出入りが激しい。世間話のついでにぺらぺらしゃべられちゃあ困る。おとっつぁんが命を落としたのも、案外、こいつが禍《わざわい》したのかもしんねえし――」

ぺろりと舌を出してみせたお美代は、じっと季蔵の目を覗《のぞ》き込んだ。

「あたし、離れの仏壇の陰膳《かげぜん》を下げてくるの、忘れてたわ」

おき玖は勝手口を出て行った。

「信じていただきたいとしか、申し上げられません」

季蔵は少しもたじろがなかった。

「松次親分の話じゃ、あんたは料理人だが、時に頭も勘も冴《さ》えて、八丁堀の役に立つことがあるそうだな」

「たまにですが――」

「口も固く、信用がおけるとも言っていた。田端の旦那もはっきり口にこそ出さねえが、あんたをかってて、大事な話をここで洩《も》らすこともあるんだとか――」

「恐れ入ります」

「だから、今回、あっしもあんたを信じてみることにするよ。こりゃあ、田端の旦那にしか、まだ、話してねえことなんだが――。おとっつぁんがあんなことになる一月《ひとつき》ほど前、三田《みた》の尊月寺《そんげつじ》が押し込みにやられて、住職の孝輿《こうこう》が殺された」

「そういえば、そんなことがありましたね。尊月寺の孝興様といえば、旅籠代《はたご》に窮している人たちを、寺に泊め、何くれとお世話をなさっている、慈愛の心の持ち主だと聞いていました。それだけに、訃報を耳にした時は、お目にかかったこともないのに無念で、残念で――」

思い出した季蔵はしんみりと言った。

「ご時世かね、今までそんなことは一度もなかったのに、その日、尊月寺に泊まった旅人の一人が、突然、押し込みに早変わりしたのさ。孝興を庇おうとした寺男《てらおとこ》まで殺された。報《しら》せを聞いてかけつけたおとっつぁんは、初めは、〝世のため、人のため、大事な人が殺されてしまった〟って、落ち込んでたが、お役目で、盗まれた物の目録を作っているうちに、その様子が変わってきた。押し込みの連中は、本堂の御本尊の後ろにあった、金無垢《きんむく》の観音菩薩《かんのんぼさつ》を見逃していたんだ。もっとも、木彫りの大きな御本尊を盾にして、隠してあったんだから無理もねえが。おとっつぁんは、偶然、そいつを見つけてからというもの、〝これはもしかして、三十年前の――〟なんてことを、ぶつぶつ呟《つぶや》くようになったのさ」

「隠していたのは孝興様なのでしょうね」

「尊月寺は孝興が住職の寺だから、そうとしか考えられねえな」

「孝興様は木彫りの御本尊を拝むのではなく、金無垢の観音像を日々、拝んでおられたわけですね。それなら、いっそ、その観音像を御本尊になさればよかったものを――。これには、よほどの理由《わけ》がおありだったのでしょう」

「金無垢の観音像は、足利将軍の頃に作られた、たいそうな価打《ねう》ちのお宝だった。三十年ほど前の師走《しわす》、日本橋の呉服問屋やまと屋で起きた、押し込みによる一家皆殺しの際、この由緒ある観音像が盗み出され、それ以後、行方《ゆくえ》がわからなくなっていたんだ。こんなところにあったのか、これじゃあ、どこを探しても見つからなかったはずだって、おとっつぁんは、驚いてた。おとっつぁんが岡っ引きになったばかりの頃の事件だったんで、よく覚えてたそうだ」

「まさか、孝興様が――」

「おとっつぁんも悩んでたよ。仏になっちまった人を今更、どうこう、突っつきまわしたくねえのは山々だが、こりゃあ、どう、考えても、因果が廻《めぐ》ってるんじゃねえかって――」

「善助親分はお調べになっていたのですね」

「おとっつぁんは、一度、これと思ったことはとことん、突き止めずにはいられねえ性分だからね」

「やまと屋の押し込みの決着は？」

「やまと屋の近くで大道芸の居合い歯抜きをしてた、宇賀路仁右衛門《うかじじんえもん》ってえ、腕自慢の浪人者がお縄になって、下手人と見なされ、市中引き回しの上、打ち首、獄門となったんだそうだ。やまと屋には三十人もの奉公人が居て、そのほとんどが夜食のくじら汁に入ってた、石見《いわみ》銀山鼠取りの毒にあたって殺されたんだ。それで、宇賀路には、手引きをした仲間がいるものと思われ、責め詮議《せんぎ》もされたが、とうとう、宇賀路は仲間の名を口にしなかった。吐いても獄門、吐かなけりゃ、死ぬより辛い責め詮議が続くんだから、仲間といえど、庇い立てなぞせずに道連れにしちまうのが、人の常さ。それなのに、あの時、宇賀路が吐かなかったのは、吐きたくても吐けなかった、本当に心当たりがなかったんじゃねえかって、おとっつぁんはずっと、宇賀路は無実だったかもしれねえって思ってきたんだよ」

「そうなると、いっそう、熱心に調べ直すことになるでしょうね」

――お役目とはいえ、無実の人の命を露に代えてしまったかもしれないという想いは、さだめし悔恨の極みだろう――

季蔵には善助の気持ちが痛いほどわかった。

「ところで、宇賀路仁右衛門という浪人が下手人だと決める証は、どのようなものだったのですか？」

「奉行所じゃ、宇賀路が下手人だった場合、仲間は女かもしれねえと疑った。奉公人に雇われていた女が手引きをしたのだと――。奉公人の女なら、くじら汁に毒の細工ができる。でも、皆殺しが起きる前、二年もの間、新しく雇われた下働きの女は、子守も含めて居なかったそうだし、やまと屋の下働きをしていて、この災難を免れた女は一人も居なかった。これで、仲間は女じゃねえってことがわかったんだ」

四

「その経緯《いきさつ》は宇賀路仁右衛門の咎《とが》の決め手にはなりません。残念ながら、無実の証ともなりませんが」

「やまと屋は先代夫婦が流行《はや》り風邪《かぜ》で亡くなったばかりで、跡継ぎの若い主夫婦《あるじ》と幼い子どもたち、ばあやは寝入っているところを襲われた」

「その方々は斬り殺されたのですか？」

「そうだって。無残にもね」

お美代はため息をついた。

「どんな傷でしたか？」

善助なら、刀傷を見分けるのに慣れているはずであった。

「おとっつぁんは、匕首《あいくち》で何度も抉《えぐ》ったものだったって」

「それ、浪人者の無罪につながる気がしますが」

「おとっつぁんもそう言い張ったそうだよ。けど、その宇賀路ってお侍、よほど金に困ってたんだろう、刀の腕を自慢していて、刀こそ腰に差してたけど、中は竹光《たけみつ》だったとわかった。刀は居合い抜きに欠かせない。これを質屋から取り戻すために、押し込みを企《たくら》み、刀の代わりに仲間の匕首を使ったんだろうってことになった。慣れない者が匕首を使うと、上手くは使えねえ。主夫婦や子どもたちの刺し傷はめった刺しだった。それで、やっぱり、宇賀路が主謀だったたってことに落着した」

「浪人の身とはいえ、腕自慢のお侍が、そんな恥ずかしい真似《まね》をしますかね」

——そんなことをするくらいなら、大川に身を投げそうなものだが——

「貧すれば鈍するってこともあるよ。宇賀路には幼い子と労咳の女房も居たっていうから」

「その方々は今、どうしておられます?」

——宇賀路の無実を信じる子どもが、三十年の歳月を経て、押し込みの一人だった尊月寺の孝興を探しだし、復讐《ふくしゅう》したとも考えられるが——。しかし、そうだとしても、三十年は長すぎる。人はこれほどの長きに渡って、心に恨みを抱き続けられるものだろうか?——

「宇賀路早苗《さなえ》、隆太郎《りゅうたろう》の親子は、宇賀路仁右衛門が刑死した後、後を追って親子心中して果てた。市中引き回しの上の打ち首、獄門じゃ、身内はたまらねえだろうね。近所が口をきいてくれねえのは仕様がねえとしても、米屋は米を売ってくれるかどうか——。おとっつぁんが、御新造さんの病に効く薬を届けに行って、親子の亡骸《なきがら》を見つけた。親子で引っ越しをするにも、この身体では無理だし、これ以上、針の筵《むしろ》には座っていられないから、亭主の後を追うと、御新造さんが遺《のこ》した文に書かれていたそうだ」

お美代はまた目を伏せた。辛すぎる話をする時の決まった仕種《しぐさ》で、本人は気づいていないな女らしさであった。

　――無残な――

　季蔵の心も震えた。

「とすると、尊月寺を襲った押し込みは、三十年前の事件と関わりなしということになりますね」

「そうだと思う。当初、あっしも宇賀路には、御新造さんも知らなかった隠し子なんぞが居たんじゃねえかと思ったんだ。そいつが恨みを晴らそうとしてるって――。おとっつぁんが川から上がった時は、ますます、そうだってえ思った。宇賀路の身内が生きていたら、恨みに思う相手は、真の下手人として宇賀路をお縄にしたおとっつぁんだからね。おとっつぁんが、どれほど、この一件に心を痛めていたかなんて、相手は知っちゃあいないんだ」

「たしかに」

「仁右衛門と妻子の墓は浅草霊善寺にある。宇賀路の恨みを晴らすなら、そいつはいずれ、復讐が叶った報せがてら、必ず、墓に詣《もう》でるはずだ。あっしは寺に泊まりこませてもらって、そこを、根気強く見張り続けた。だが誰も来なかった。猫の子一匹、詣でる者はいなかったのさ」

「身内の仕業《しわざ》ではないのかもしれませんね」

「今じゃ、あっしもそう思う。孝興の部屋や蔵にあった少しばかりの金と書画骨董《こっとう》を、残らず、かっさらったはいいが、寺男が騒いだので、行きがかりで、人を殺《あや》めちまった、み

みっちい盗《ぬす》っ人《と》だったんだろうってね。その証に二人を殺したのは庫裏《くり》の包丁だった

——」

「それでもまだ、善助親分は殺されたと思っているのですね」

「夢でおとっつぁんが、浅蜊《あさり》飯を食ってくれないうちはね」

お美代は目を伏せる代わりに瞬《また》かせた。

——父親を慕わしく思い出しているのではなく、夢がことさら、悲しみを募らせているように見える。お美代さんは善助さんを忘れたくない、その一心で、〃おとっつぁんは殺された、だから仇を討たねば〃と、日夜、自分に言い聞かせているのだ。それで、きっと、あんな夢を見るのだろう。——苦しいだろうに——可哀想に——

「亡くなった方のことを想う供養の気持ちは大事ですが、生きて、想いをぶつけて、甘えられる身内がいてもいいのではありませんか?」

季蔵は徳兵衛の申し出を再び、勧めてみる気になった。

——あの世の父親に囚《とら》われて生きるのは、あまりに後ろ向きだ——

「また、あの話?」

お美代はうんざりした表情になった。

「芝口の自分の家から引っ越さなければ、養女になってもいいって、先方に伝えたけど、それからなしのつぶて。松次親分は熱心に勧めてくれるけど、松島屋へ入ったら、田端の旦那に岡っ引きはやらせてもらえなくなるし、向こうはきっと、それじゃ、不都合だろう

し、折り合うことなんぞ、できはしねえよ」

「前に申し上げていた、松島屋の近くに別宅を構えてもらって、時折、そこへ立ち寄るというのは？」

「あんたも懲りないねえ」

お美代は苦笑した。

「馴染《なじ》みが深い松次親分から、直々《じきじき》に受けた相談ですからね」

「別宅に寄るだけってえんだったら、まあ、いいか。おとっつぁんの位牌《いはい》や仏壇を移さなくていいし」

「それでは早速、松島屋さんにお伝えいたしましょう」

「あっしはもう嫌だよ、めんどうくせえ」

「仲のよろしいお友達がここのお客様においでです。その方から伝えていただくことにします」

こうして、いつの間にか、季蔵は松島屋がお美代を養女にする話に深入りしていた。この後、季蔵は喜平宛《あ》てに文を書き、数寄屋町へ届けさせた。

翌日、昼過ぎて、訪れた喜平は、

「ここも、こっちの気の向くままに、ぶらっと暖簾《のれん》を潜《くぐ》るのはいいが、まだ、暖簾も出てないうちから、呼びつけられるのはぞっとしないね」

苦情じみた物言いとは裏腹に上機嫌だった。

「人のためになるっていうのも、悪い気分じゃないな」

つい、本音をぽろりと口にして、

「昨日、湯屋へ行って、徳兵衛さんと話してみたよ。別宅住まいでも、美代吉が養女になってくれるのなら、それでもいいと徳兵衛さんは喜んでいた。それから、季蔵さん、あんたの文にそうあったんで、早死にしたお内儀さんの今時分の好物を訊いた。桃が好きだったとさ。桃が食べたいと瀕死《ひんし》の連れ合いにせがまれて、食わせてやりたいと市中の青物屋を回ってところ、やっと、一つ見つかった。そいつを後生大事に持って帰ってきたところ、お内儀さんは、すでに、息がなかったそうだ。それからというもの、桃探しで死に目に遭えなかった徳兵衛さんは、桃がお内儀さんを死なせたような気がして、嫌いになったそうだ。今まで、仏壇に上げず、口にもしなかったそうだが、養女の件が叶ったら、仏壇に供えて、食べてみたいと言っていた」

「大変ご苦労をおかけしました」

丁寧に喜平を見送った季蔵に、おき玖は、

「これで納涼会の二回目は桃で決まりね」

張り切った声を上げた。

五

「若くして亡くなった松島屋さんのお内儀さんの話、今でも、夢枕に立つことといい、まるで〝三年目〟そのものだもの。そんなお内儀さんが死ぬ前、桃を食べたがったっていうんなら、〝三年目〟と桃を合わせて、料理名は三年桃としては、〝どう?〟」

　おき玖には時々、周囲をはっとさせるような閃《ひらめ》きがある。

「さすがです」

　季蔵は世辞ではなく褒めた。

「桃栗三年という言葉もありますし、三年桃はうがった料理名です」

「でも、桃の料理なんてあるんすかね」

　聞きつけた三吉《さんきち》は不審そうであった。

「桃は水菓子《みずがし》でしょう? 菜には使えねぇと思うんですけど」

「何も菜にしなくたっていいじゃないの。たとえば、桃太郎膳。鰻や煮鮑など、この時季の美味《おい》しいもの尽くしが主で、桃はほら、この間のおとぎ菓子みたいに作ったっていい」

　この間のおとぎ菓子とは、白いんげん豆や求肥《ぎゅうひ》等で作る練り切りで、昔話に出てくる桃太郎や兎《うさぎ》、狸《たぬき》等に形作る、目にも楽しい生菓子であった。

「なるほど、おとぎ菓子の桃なら綺麗《きれい》ですしね」

　練り切りが大好物とあって、三吉はにこにこと顔をほころばせた。

　ところが、

「今回、おとぎ菓子で桃を形どるのは止《や》めておこうと思っています」

　季蔵はきっぱりと言い切った。

「松島屋さんがお内儀さんの今際の際に、探し回って、やっと一つ、見つけたという生の桃を使いたいのです」

「そうは言っても、生の桃をどうやって菜にするの?」

おき玖は真顔で案じた。

「瀕死のお内儀さんは菜など食べたいとは思わなかったはずです。昔、食べたことのある桃を思い出して、気品ある芳香とほんのりとした桃の甘みが、たまらなく、なつかしくなったのではと——。それと、死に行く者は、必ず、自分が死ぬとわかる瞬間があるといいますから、悟ったお内儀さんは、桃に浄土を重ねたのかもしれません。お内儀さんの食べたかったのは、極楽に通じる最高の桃、きっとそれだけです」

「そういえば、桃には昔から霊力があって、鬼や魔物を退けると言われてきたものね」

「盂蘭盆会が近いですから、生の桃を使った菓子は、亡くなった方々へのよい供養にもなると思います。ここは一つ、菜ではなく、菓子をお出ししましょう」

「けど、納涼会は夜だよ。菓子だけじゃ、お客さんたちは物足りねえし、格好がつかねえと思うけど」

三吉は切なそうに腹のあたりを押さえた。

「お客さんたちはみーんな、ここいらが鳴いちまって、噺どころじゃなくなるよ」

「それなら、桃のお菓子の邪魔にならない、あっさりした菜をお出ししたらいいんじゃないの?」

「あっさりしてるのはいいけど、酒にも合わないと文句をいわれるよ。酒は納涼の愉《たの》しみの一つなんだから」

「ところで、季蔵さん、その桃のお菓子って、どういうものを考えてるの？」

「この間、お美代さんに冷や酒を差し上げた時、金真桑を添えてみて、思いついたのです」

「冷や酒に桃？　それだけ？　あたし、金真桑と冷や酒は合うって、何となくわかるけど、桃と冷や酒はどうもぴんとこない。甲斐《かい》八珍果《はっちんか》の桃は、香りばかり、甘くて美味しそうなのはいいけれど、その実、金真桑ほど甘くないもの――」

浅野長政、幸長父子（一五四七～一六一一三年）や柳沢吉保（一六五八～一七一四年）による奨励もあって、甲斐（山梨県）では古くから、葡萄《ぶどう》と並んで桃の栽培が盛んであった。

大陸から伝えられた甲斐の桃は、実がそれほど大きくなく、先が尖《とが》って、表面にくっきりと割れ目があるのが特徴で、まさに、桃太郎伝説の桃ではあったが、その味は酸味が勝ち、さほど甘くなかった。

「料理に使えそうな気がして、雛《ひな》の節句の折、豊島屋《としまや》の行列に並んで買い置いた白酒があります。冷やして剝いた桃に、これを、たっぷりかけてみようと思っています」

鎌倉河岸《かまくらがし》にある豊島屋の白酒は評判が高かった。白酒は味醂《みりん》に蒸した米や麴《こうじ》を混ぜて熟成した酒で、とにかく甘味が強い。

「たしかに、それなら、桃に甘みが加わって、香りだけ甘い桃じゃなくなる。そのお菓子、まさに、三年桃にふさわしいわ。最高の桃だもの。そうなると、菜は桃のお菓子にちなんで、雛の節句を思い出し、雛の鮨《すし》というところかしら？　これだと、〝三年目〟の切ない女心と相俟《あいま》って、上品にまとまるわ」

「悪くはないと思いますが、前がへっつい飯で、飯物ですからね」

「そういやあ、へっつい飯のほとんどは、熱いかけ汁をかけるから、〝美味いが熱い〟って、みんな、汗を拭《ふ》き拭き食ってたな」

「あら、〝たとえ熱くても、これだとさらっと腹に入る〟って言ってた人もいたわよ」

おき玖はじろりと三吉を睨んだ。

あわてた三吉は、

「俺、へっつい飯に、けちつけたつもりありませんよ」

二人のやりとりを聞いていた季蔵は、

「熱くなくて、さらっと入るものとなると、これはもう、素麺《そうめん》ですね」

ふと微笑んだ。

「でも、素麺なんて、今時分、毎日、飽きるほど食べてるでしょう？」

「揚げ物付きとなるとそうでもないはずです」

油を熱して、衣をつけた魚や青物を揚げる天麩羅《てんぷら》は、火事を起こしかねない危険な料理である。商う天麩羅屋の多くは屋外の屋台営業であった。

「屋台で食えば、天麩羅は揚げ立てだけど、素麺までは出してくれない。けど、ここじゃ、かりっと揚げ立て、あつあつの天麩羅につるっと冷たい素麺がさっと出る。さぞかし、美《う》味《め》えだろうな」

　三吉は口から涎《よだれ》が出かかった。

「今だと、魚はトビウオだわね。すり身にして揚げ団子にすると美味しいわ」

「今回、魚は止《よ》しにしておくつもりです」

「あら、どうして？」

　おき玖は穴子や海老《えび》など、魚介の天麩羅が好きであった。ちなみに精進揚《しょうじんあ》げは天麩羅ではなく、揚げ物と呼ばれた。

「桃の白酒かけ、三年桃は、酒を飲み菜を食べた後でお出しするものです。どんな美味しいものでも、満腹では美味しく感じません。ましてや、桃の香りや甘みは繊細なものですから。それで、揚げ物だけで行くことにしました」

「揚げ物だと、ますます、供養という感じになるわね」

　揚げ物は盂蘭盆会に欠かせない料理の一つでもあった。

　こうして、〝三年目〟と桃を掛け合わせた納涼会の準備が進められた。

「おや、揚げ物まで、試作をするつもりなの？」

　目を丸くしたおき玖に、

「揚げ物とはいえ、屋台のとは、一味違った塩梅屋ならではのものにしたいのです」

「おとっつぁんは、屋台のは衣《ころも》が厚すぎる、野暮《やぼ》ったいって言ってて、だから、うちの揚げ物は衣が薄いのよ」

先代長次郎《ちょうじろう》を見倣《みなら》って、季蔵の揚げる天麩羅も衣は薄付きである。

「衣のほかに工夫なんてできるものかしら?」

「まあ、ごらんになっていてください」

季蔵はまず、南瓜《かぼちゃ》を薄く切り、あくを抜いた牛蒡《ごぼう》と人参《にんじん》を粗い千切りにした。

鍋にだしを張り、少々の醬油《しょうゆ》と味醂、そして梅風味の煎《い》り酒を隠し味に入れて煮立たせる。これを二つの鍋に分けて、一方では南瓜を、もう一方では牛蒡と人参をさっと煮付けた。

これらと一緒に七輪、鍋を勝手口から外へ運び出す。

煮付けた青物が冷めたところで、小麦粉の衣をつけて、南瓜はこのまま、牛蒡と人参はかき揚げにした。大葉は一枚一枚、茄子は縦にやや厚めに切り、あくを抜いた独活《うど》は大きめの拍子切りにし、続けて揚げて行く。

「南瓜と牛蒡、人参に下味をつけてみたのね」

おき玖は揚がったばかりの南瓜と、牛蒡と人参のかき揚げを箸《はし》で摘《つま》んだ。

「美味しい! 南瓜は思っていた通りの甘辛味だったけど、牛蒡と人参のかき揚げは、そうねえ、きんぴらに似ていて、大きく一味違ってる。からっとしてて、しんなり美味しい。牛蒡と人参のこんな味、初めてだわ」

「素麵にはつゆは欠かせず、このつゆで揚げ物を召し上がっていただいてもかまわないのですが、それだと、お酒のつかない昼餉《ひるげ》みたいで、粋《いき》とはいえない気がしたのです。まずは、塩を振った揚げ立てで飲んで、その後、素麺を流し込むのが江戸前かと——。このあたりを一工夫したかったのです。以前から、南瓜や牛蒡と人参のかき揚げに、塩は合わないような気がしていましたが、衣に味をつける普茶《ふちゃ》料理以外に、なかなか、今まで、案が出てこなかったのです」

「それでとうとう、思いついたというわけね。江戸っ子は力のあるしっかりした味が好きだし、この暑さですもの、下煮した南瓜や牛蒡と人参のかき揚げで、皆さん、きっと、美味しくお酒が進むわ!!」

おき玖の弾んだ声が店の中まで響いた。

するとそこへ、

「邪魔をする」

田端がお美代を連れて塩梅屋に立ち寄った。揚げ油の匂《にお》いが店の中にも立ちこめている。

「あら、お揃《そろ》いで」

おき玖はすぐに冷や酒を用意してきた。

「いい匂い」

お美代は鼻を蠢《うごめ》かした。

「今日は朝から何も食ってなくて」

押さえたお美代の腹がぐうと鳴った。

「あら、嫌だ」

赤くなったお美代を、

――少し、女らしくなった？――

おき玖は思わず見つめてしまった。

六

「ちょうどいいところにおいでになった――」

季蔵は揚げ立ての南瓜やかき揚げを皿に盛って出した。

「それではいただきます」

お美代は箸を手にする前に両手を合わせて、軽く辞儀をした。

――この前、こんなことしたかしら？――

ますます、お美代から目が離せない。

お美代はひたすら皿の上のものを腹に納め、田端は無言で酒を飲んでいる。

――やっぱり、女子《おなご》はお酒より、食べ物よね。日頃の美代吉さん、お酒、突っ張って飲んでるのかもしれない――

「市中で何か、大事があったのですか？」

田端は何やら、考え込んでいる様子であった。

「神田の松枝《まつえだ》町に宝草《たからぐさ》という質屋がある。そこの主矢吉《やきち》が殺された。朝、店の者が気がついて、番屋に届けてきた。矢吉は頭を後ろから殴られて息絶えていた。そばに血のついた銅製の花活《はない》けが転がっていた」

「店の他の者は？」

「誰も蔵で起きていることに気がつかなかった」

「蔵に案内させたのですから、盗みが目的なのでしょうが、それにしても、主一人にねらいをつけるとは、変わった押し込みですね。その夜、主はどこかへお出かけでしたか？」

出かけた主を尾行《つけ》てきて、庭の闇《やみ》に忍び続け、店の者が寝静まったところで、主の部屋へ押し入り、脅《おど》して蔵へ連れて行かせたのなら、何とか、辻褄《つじつま》の合う話だと季蔵は思った。

――そうでなければ、主が手引きして下手人を中へ入れたのだ――

「いつになく、早く、部屋に入ってしまったそうだが、裏木戸の近くに、二人分の草履の跡があった」

――さすが、田端の旦那だ――

「その足跡、調べてみたが、一人は主矢吉のものだった」

――やはり、主が手引きしたのだ。もっとも、手引きしたのが主では、手引きとは言えない。殺すつもりで訪れた狼《おおかみ》を招き入れたことになる。そうだとして、狼の正体はいったい？――

「矢吉が誰かに脅されていなかったか、心当たりを番頭に訊いてみた」

田端は淡々と先を続けた。

——脅されている相手となら、夜中に裏木戸で取引するだろうが——

「番頭はそんな話は聞いていないと言った。たしかに、並みの脅しや強請《ゆす》りなら、番頭に相談して、対処を決めるだろうし、一人で相手を迎え入れることもないだろう」

田端は牛蒡と人参のかき揚げをつまんで口に入れると、

「ほう、きんぴら揚げか」

満足そうに呟いて、

「きんぴらは好物だが、これはこれなりに美味い」

珍しく料理について語った。

「ということは、主は気心の知れた相手を裏木戸で迎え、蔵へと誘ったのでしょうか?」

「そう考えてよいだろう。二人の足跡は家へと向かわずに、蔵へと伸びている」

「すると、相手は同業者かもしれませんね」

「ところが、そうとも断じられない」

うーんと田端は腕組みをした。

「第一、深夜、同業者が人目を忍んで、宝草の主に会いに来る目的が分からない」

「矢吉さんは、世にも珍しい、目の玉が飛び出るほどの質草でも手に入れていたのでしょうか?」

「それなら店の者が知っているはずだが、皆、そんなことはないと言っている。それと、矢吉は同業者とはそれなりのつきあいこそすれ、親しくつきあっている者はいなかったそうだ」

「質草を携えて訪れた客では？　昼の間は、質屋を出入りするのを憚《はばか》る、身分の高い人物か、そのご家来だったとは考えられませんか？」

「それならば、帳場からその分の金が無くなっているはずだが、主は一文たりとも持ち出していない」

「質草が家宝か何かで、宝草の蔵にしまわれていたのではないでしょうか。相手は、質流れになる前に取りに来たのはいいものの、持ち合わせが足りないと知った主が、頑固に首を横に振り続けたので、凶行に及んだのでは？」

「番頭に蔵の目録を出させて調べ尽くした。宝草はそこそこの商いの質屋だが、それでも、大身《たいしん》の旗本や小大名等と少々のつきあいはあった。だが、これらの質草、刀や書画、茶道具は何一つ、持ち出されていなかった。それだけではない。驚いたことに、蔵から、これといったものは、何一つ、無くなってはいなかったのだ」

　田端はやや苛《いら》ついた口調で瞬きをした。

「それでは、客の筋ではあり得ませんね」

「そうなると――」

　田端はお美代の方を見た。

「やっと、ここいらで、おまえの得意な話ができるぞ」

　苦い顔ではあったが微笑んだ。

「話していいんですか、旦那」

お美代は箸を止めた。

「かまわぬ」

「それじゃあ」

お美代は箸を置いて、

「無くなったものはねえってことだったんですけど、それは、目録に書いてある金目の質草のことなんで——」

「蔵には、質草のほかに何かあったのですか?」

「大きな古びた茶箱が一つ。どうってことのねえ、どこにでもある茶箱でさ」

「それに何が入ってたんです?」

「何も入ってなかった」

「でも、それでは——」

——どういうことなのか?——

季蔵はお美代をじっと見つめて、続く言葉を待った。

「前に手代《てだい》が二人、蔵の整理を手伝ってて、そのうちの一人が茶箱を開けて、中を確かめようとしたことがあるんだそうだよ。その時、怯《おび》えたように顔が青くなった主は、茶箱の前に立ちはだかって、開けるのを止めさせただけじゃなく、確かめようとしていた手代に暇を出したんだとか。普段の主は、どちらかというと、豪気な気性だったから、〃これはきっとよほどのことなんだ〟と意外に思ったもう一人の手代が、後日、主に隠れて蔵に入り、こっそり、中を改めた。中には、立派な加賀友禅ながら、かなり年代物の晴れ着が一枚入っていて、べったりと付いていた黒い染みは、絶対、古い血の跡に違《ちげ》えなかったって。それが、今は煙のように消えて無くなっちまってる」

「無くなったのは、その晴れ着一枚だったというのですね」

――質屋も晴れ着を扱うだろうが、期限が来て質流れした後は、絹が傷まないうちに古着屋へ売るはずだ――

「誰かの形見だったのではないかしら？」

おき玖が口を挟んだ。

「宝草のご主人にご家族は？」

「矢吉は独り身を通してた。身内といえる奴は影も形もねえ。これはあの尊月寺の孝與と同じさ」

――なるほど、このあたりから、お美代さんの得意な話になるのだな――

お美代は三十年前のやまと屋の事件に結びつけたがっている。

「無くなった晴れ着は盗品だったと、あっしは睨んでるんです」

そこでお美代は、やまと屋の一家皆殺しから始めて、尊月寺で見つかった盗品の金の観音像、真の下手人に迫って、返り討ちに遭ったかもしれない善助の不運について話し続けた。

――気合いが入ってるな――

季蔵は感心し、

――それでも、やっぱり、どこか女らしい――

おき玖は惚《ほ》れ直した。

――いいわね、こういうの、特別な女らしさ、格好いい――

「こうなったら、あっしは石に齧《かじ》り付いても、おとっつぁんを殺した、真の下手人を引っ捕らえてみせますよ」

お美代は気焔《きえん》を上げた。

「そのためなら、この命、たとえ、捨てても惜しくはありやせん」

「命を捨てるなぞと、軽はずみに口にしてはならぬ」

厳しく叱責《しっせき》した田端は、

「尊月寺の観音像が盗品だったことは明らかだが、晴れ着の方は手代が見たと言っただけで、何の証もない。幻にすぎず、見たような気がしただけということも考えられる」

「手代が見た晴れ着は、幻なんかじゃねえって、あっしは思います。ぴんと来ました」

「いいか、晴れ着が持ち去られたか、否《いな》かは肝になる。これだけを奪うのが目的で、矢吉を殺したのだとしたら、美代吉、おまえの言う通り、金の観音像と関わりがあって、やまと屋からの盗品である可能性もないとは言えないが、今はまだ、そうと断じられない」

「その晴れ着さえ出てくれれば――」

悔し涙を浮かべたお美代に、

「あたしは美代吉さんの勘を信じるわ」

おき玖は大きく頷いて同調したものの、

「手代の話が本当で、血の付いていたその晴れ着が目的だったのなら、すぐに燃やして灰にするはずだ。わしが下手人ならそうする」

いつものように、冷静な田端は容赦なかった。

七

二人が店を出て行くと、

「いい感じなのね、あのお二人」

後ろ姿を見送ったおき玖は言い当てた。

「田端の旦那とお美代さんがですか？」

きょとんとした顔つきの季蔵に、

「ほかに誰が居るというの？」

おき玖は呆《あき》れた。

――ったく、季蔵さんときたら、他人の恋路に鈍いんだから――

「気がつきませんでした」

季蔵はおき玖の勘の良さに兜《かぶと》を脱いだ。

――でも、まあ、鈍いからこそ、助かってるんだけど――

おき玖は人知れず、季蔵に想いを寄せてきていたが、季蔵の心を、瑠璃《るり》というかつての許嫁《いいなずけ》が占めているからには、これは、決して、悟られてはならない片想いであった。

――気がつかれていたとしたら、どんなにか、恥ずかしいことか――

「田端の旦那、いつもより、お酒が少なく、その分、話をしたじゃないの。松次さんとじゃ、そうはいかないわよ」

「いつも通りのぴしゃっとした話しぶりだったように思いますが――」

「言葉や口調はそうでも、出来る限り、美代吉さんを見ないようにしてたわ」

「よそよそしいのではなく？」

「その反対よ。相手を好いていると、かえって、その想いを隠したりもするものなのよ」

「なるほど」

「美代吉さんの方は、色気っていうと、いかにもだけど、今までになかった女らしさがこぼれていたわね」

「相変わらず、きりっと綺麗な人でした」

「それは今更、言うまでもないでしょ」

おき玖は笑い混じりに言ったが、心の中で季蔵を思いきり罵《ののし》っていた。

――この朴念仁《ぼくねんじん》――

「桃ってえのは、聞こえも見た目もいいが、厄介なもんですね」

桃の買い出しで青物屋を駆け回っていた、三吉が汗だくになって帰ってきた。

「傷みやすいのなんのって。桃なんぞ、高い銭にさえ目をつぶれば、難なく、買えると思ってたが、西瓜や真桑とはわけが違ってて、そこらへんにごろごろあるもんじゃねえんですね。なかなか、熟《う》れごろのもんが、見つかりません。一個、二個ならともかく、まとめてだとなおさらです」

もっとも、二回目の納涼会が二日後と迫っている。

「そうだ、松次さんに三年桃を召し上がってもらいましょう」

季蔵は松次を訪れることにした。

「茄子と鶏そぼろの油炒め味噌煮は美味かったぜ。御馳走さん。お美代坊のこと、恩に着るよ」

松次はまだ、足を引きずっていたが、機嫌は悪くなかった。

「納涼会の二回目は――」

季蔵は〝三年目〟にかけて、料理は三年桃として、桃の白酒かけに行き着くために、青物の揚げ物と素麺を菜にしてもらうと話すと、早速、厨に立った。

「出張料理とはこれまた豪勢だな」

喜んだ松次は目を細めて、青物が揚がるのを待った。きんぴら揚げに舌鼓《したつづみ》を打つと、

「美味すぎて、うっかり、飲めねえ酒を飲んじまいそうだよ」

湯呑みの煎茶《せんちゃ》をごくりと飲み干した。その後、つるつると素麺を啜《すす》り込み、いよいよ、三年桃に取りかかると、

「うーん」

菓子楊子を持つ手を止めた。

「いかがです？」

季蔵は胸の奥をどきっと鳴らせた。

「そう、悪いもんでもねえんだが」

「わたしのことは気になさらず、はっきりおっしゃってください」

「たぶん、俺が下戸《げこ》のせいだろう」

「白酒がいけませんか？」

「桃は一遍《いっぺん》しか食ってねえが、ふんわりした甘い匂いがたまらなく、いいもんだった。その桃の匂いが、これにはしねえんだよ。白酒の匂いばかり強すぎて――」

「なるほど」

「酒の好きな連中には、これでいいんだろうが――。俺だったら、白酒よりも甘酒の方がいいね」

「酔いとは無縁な甘酒だと、白酒のような強い匂いではありませんね。早速、試してみます」

――たしかに、熟れすぎるとつーんと鼻にくる金真桑に比べて、桃の匂いは山梔子《くちなし》の花

のようにたおやかで繊細だ――

「そうは言っても、美味いよ。なあに、このくらいの酒は平気だ」

松次は白酒の酔いで頬を赤くしながら、三年桃を食べ終えた。

「実は一つ、お訊《たず》ねしたいことがあるのですが、よろしいでしょうか？」

「いいよ、何でも訊いてくれ」

「お美代さんに、善助親分は、三十年前の呉服問屋やまと屋一家皆殺しのことを調べていて、殺されたと聞きました」

「あんたにも、そんな話をしたのか」

松次は苦虫を嚙《か》み潰《つぶ》したような顔になった。

「さんざん勝手な我が儘《まま》を言って、松島屋の養女になったというのに、まだ、そんなことを――」

「娘岡っ引きを続けることが、養女になる条件でしたから。それにお美代さんは、毎晩、善助親分の夢を見続けているそうです」

季蔵は好物に箸をつけようとしない、善助の幽霊の話をした。

「その話ならとっくに、お美代坊から聞いてる。濃い身内を亡くしたもんには、よくあることだと俺は思うぜ。俺だって、女房に死なれた後は、始終、泣いてばかりいる女房に夢で遭った。終《しめ》えには、うんざりするほどだった。ところが、何年か過ぎちまうと、たまには、こっちが出てきてほしいと思っても、ちいとも姿を現さねえ。そこは、噺の〝三年目〃のようになんねえのさ。要は時が薬になる。そのうち、お美代坊も善助の幽霊とおさらばできるはずだ」

「善助親分は、尊月寺の御住職が殺された事件で、三十年前に盗まれた金の観音像を見つけて以来、自分がお縄にして、獄門台に送った浪人者は、無実ではなかったのかと、疑って調べていたようです。松次親分と善助親分は、ほぼ同じ年齢《とし》。親分の目から見て、三十年前の事件の下手人はやはり、宇賀路仁右衛門のほかにいなかったのですか？」

「たしかに、宇賀路が下手人だという証も今一つだった。大道芸の居合い歯抜きで飯を食っていた宇賀路が、質屋に預けた刀を取り戻すために、押し込みを働いたというのは、無理やりの辻褄合わせだ。押し込みは打ち首、獄門。いくら何でも、質草のために押し込みとは、あまりに突拍子もねえ話だ。ガキでも、おかしいってわかるぜ。とはいえ、それじゃ、宇賀路を下手人じゃねえとして、真の下手人の手がかりとなると、これが、もう、なしのつぶてもいいとこだった」

「松次親分もその手がかりを探されたのですね」

「あの事件は、殺《や》られたのが天下のやまと屋だってこともあるし、皆殺しともなれば、瓦版屋が煽《あお》り立てることもあって、あっという間に市中に不安が広がる。ひいては、ここは将軍様のお膝元《ひざもと》だってぇのに、おちおち、枕を高くして眠れねえってえ、何とかしろと書かれた文が目安箱いっぺいになった。それで、奉行所の旦那たちや俺たち岡っ引きは一丸となって、夜もろくろく寝ずに、市中の警護と下手人探しに駆け回ったんだ。正直、善助が宇賀路に目をつけ、奉行所が下手人と見なした時には、ほっとして、これで、枕を高くして寝られると思った」

「奉行所が宇賀路仁右衛門を下手人と決めた理由は？　まさか、やまと屋の近くで、居合い歯抜きをしていたからというだけのことではないはずです」

「何度か、宇賀路はやまと屋に呼ばれて、子どもの歯を抜いてやったことがあった」

「やまと屋に出入りしたことがあるのですね」

――しかし、それだけで、下手人とは決めつけられないはずだ――

「決め手は、昼餉をとっていた近くの蕎麦屋《そば》で、宇賀路が、〝やまと屋の財のほんの一握りほどでもこの手にあれば、居合い歯抜きなどという、卑しい稼業を続けることもなくなるだろうに〟と、主に愚痴ったことだった。これを善助が蕎麦屋のおやじから訊き込んだ」

「なるほど。でも、押し込みという言葉は使っていなかったのでしょう？」

「それはそうだ。とはいえ、ほんの一握りの財でも、何もしなければ、手に入れることはできねえから、これは、宇賀路が白状したも同然だと奉行所は見なした。善助はあわてたが――」

「善助さんは、初めから、浪人者を下手人だと思っていなかったのですね」

「宇賀路が何か、知ってるんじゃねえかとは疑ってはいたようだったが、責め詮議で白状することもなかったところをみると、そいつも当たっちゃいなかったんだろう」

「おや、松次親分も善助親分同様、宇賀路を無実だと思っているようですね」

「そりゃあね」

松次は急に声を低めた。

「皆殺しにされたやまと屋の蔵はもぬけの殻だった。血も涙もねえ、鬼みてえな連中が、どっさり盗んで行ったんだ。普通、盗品は古着屋や質屋、損料屋へ売られて、運がよけりゃ、盗っ人に辿《たど》り着けるんだが、どこでどう金に換えたのか、やまと屋のものは一つとして見つからなかった。こんなことは、今までにねえ、珍しいことだ。それで、押し込みは上方《かみがた》で名の知れた盗賊、黒蛇《くろへび》一味がお江戸見物に訪れ、余興でやった盗みで、これには、上方商人と役人が一枚、二枚噛んでるってね。そうだとすると、盗んだ物は全部、上方へ持って行かれちまったんだから、最初《はな》っから、足なぞ、つくわけはねえんだって——」

そこまで話した松次は、煙管《キセル》を取り上げると、煙草《タバコ》の葉を詰め、煙草盆の縁にとんとんとはたきつけてから、火をつけて、吸い付け、

「とまあ、今まではそうも思えてたんだが、尊月寺で金の観音が出てくると、そうも言っちゃ、いられなくなったか——」

ぷかりと丸い輪を吐きだした。

第三話　イナお化け

一

〝三年目〟と桃を掛けた納涼会は明日に迫っていた。季蔵《としぞう》は、三年桃を引き立てる甘いかけ汁を、白酒のままにするか、甘酒に替えるかでまだ、迷っている。

「どうしたものでしょうね」

すでに、白酒と甘酒を別々に桃にかけて、食べ比べはすませていた。

「好みだわね」

おき玖《く》はいつになく、慎重な物言いをして、

「好みだね」

三吉《さんきち》も同調した。

「つまり、どっちも捨てがたいってことよ」

「たしか、明日はおかみさんたちもおいででしたね」

「そうなのよ」

おき玖はきらきらと目を輝かせて、

「噺《はなし》の〝三年目〟と桃で納涼するってことで、辰吉《たつきち》さんのとこ、おちえさんが、どうしても連れてけってきかないんですって。芝居好きのおちえさん、いい男といい芝居や噺が好みで、玉輔《たますけ》さんが二つ目だった時、贔屓《ひいき》にしてたみたいよ。笑いの中に悲しみと艶《つや》っぽさのある〝三年目〟を、玉輔さんがどう噺すのか、興味津々なんですって。おちえさんは一度、言い出したら、てこでも動かない性分で、辰吉さん、しかたないと観念したそうで、二人して押しかけてすまねえなんて、わざわざ、あたしに言いにきたのよ。辰吉さんはいつものあの調子だったけど、目がなごんでたわ」

嬉々《きき》として女房連れの話を繰り返した。

「おかみさんがご一緒なのは、辰吉さんのところだけではなく――」

季蔵にもこの話は楽しかった。

「勝二《かつじ》さんまで、今回に限って、おかいさんも一緒なんですって。こっちの方は、わりに噺にくわしい勝二さんが、〝三年目〟が如何《いか》にいい噺か、女なら誰でも泣けるなんてことまで言って、褒めちぎったようよ。勝二さん、おかいさんが一緒にここへ来ることを承知してくれたことで、それはそれはうれしそうだったわ。たまには、お舅《しゅうと》さんの親方や子どもから離れて、夫婦で楽しい時を過ごしたいのよ」

「これで、おかみさん連れが三組になりましたね」

季蔵はすでに、五平《ごへい》から、前回同様、おちずも聴きにくると告げられている。

「まあ、肝心の玉輔、五平さんのお内儀《かみ》さんが聴きに来なかったら、話にならないもの」

「おかみさんたち、お酒はどうなんでしょう?」

塩梅屋《あんばいや》で腰を据えたことのない、おちえやおかい、おちずが酒を好きかどうかなど、季蔵にわかるわけもなかった。

「白酒なんて、酒じゃねえって、女が多いよ。おいらの住んでる長屋じゃ、雛《ひな》の節句になると、女たちが集まって、白酒を酌み交わして、愚痴話で盛り上がってる。酒が飲めねえ客が来るから、甘酒にするってえのは、どうもなあ――そんなことしなくても――」

三吉は首を忙《せわ》しくかしげた。

「三吉は白酒が好きだろう? 長屋のおかみさんたちっていうのは、自分のことなんじゃないか」

季蔵の言葉に身をすくめた三吉は、

「やぶ蛇になっちまった。そうだよ。長屋じゃ、おいらはまだ、子ども扱いで、酒は盆と正月にちょっと舐《な》めさせてもらうくらいだが、白酒となるとおおっぴらに飲めるんだ」

「それだけじゃないだろう」

「ええぃ、思い切って、白状しちまおう。おっとうの酒瓶から湯呑《ゆの》みに酒を注《つ》いでるのを、おしげ婆さんに見つかっちまってね、〝あんた、隠れ酒は癖になるからいけない。飲む時はおおぴっらでなきゃ〟って。それから、時々、誘ってくれるんだ。だから、もちろん、いつもじゃねえが、白酒だけじゃねえ酒も飲んでる。それでわかったが、飲める、飲めねえは男か、女がじゃねえ、飲み慣れてるか、どうかも、多少はあるけど、持って生まれたもんで、たいていの女たちが酒に強いのは本当だよ。だから、やっぱり、女の客に気を使うこたぁねえと思う。ねえ」

おき玖に相づちをもとめた。

「あたしも正直言って、お酒、飲めば強い方だと思うわ。おとっつぁんに女の酒飲みは見苦しいって言われて、止められてたから。でも、一度だけ、隠れてお酒を飲んだことがある。相当、飲んだはずなのに、怖くなるくらい、どうってことなかったもの。たいして美味《お》しくもなかったから、お酒とはそれっきりだけど、男だったら、田端《たばた》の旦那《だんな》になれたかも」

おき玖は酒も飲んでいないのに顔を赤らめた。

「それでは、お客様は全員、酒好きのうわばみだとして、最後の口直しに召し上がるにふさわしい三年桃は、白酒かけか、甘酒かけか？　三吉、おまえならどっちだ？」

季蔵は三吉の目を見た。

――たぶん、白酒と言うだろう――

ところが、

「おいらは甘酒かけだ。白酒だと、酒の続きみてえで、甘くて美味《うめ》え桃を食った気がしねえような気がする。また、酒を飲みたくなるのもいけねえし」

「なるほど」

こうして、塩梅屋の三年桃は甘酒かけと決められた。

当日、納涼会には喜平《きへい》が徳兵衛《とくべえ》を伴ってきた。

「わしはもう、女房には縁がないからね」

辰吉たちが女房連れなのを見ると、喜平はやや羨《うらや》ましげであった。

「いい女なら女房もいいもんだね」

辰吉の女房おちえの方は見ずに、長崎屋《ながさきや》の内儀おちずの子の母となって一層、磨きのかかった容色に見惚《みと》れた。

「喜平さんから伺っています。このたびは、いろいろお世話をいただき、ありがとうございました」

徳兵衛は白髪頭《しらがあたま》を深々と垂れた。

「このまえ、訊《き》いてみてわかったんだが、同い年齢《どし》なんだ」

喜平に言われて、思わず、二人を見比べてしまったが、瘦《や》せ型の徳兵衛の顔の色はやや青白く、肥え気味でつやつやと色艶のいい喜平と同い年齢とは思いがたかった。徳兵衛の方が十は年上に見える。

――一代で大店《おおだな》と呼ばれるまでのしあがるのは、並みの苦労ではなかったのだろう――

「ま、ろくでなしの助平は老け知らずともいうからね」

辰吉は憎まれ口を叩《たた》いたが、

「へえ、そうかい」

むしろ、喜平はうれしそうだった。

真紅《しんく》の変化朝顔を染め抜いた浴衣《ゆかた》姿のお美代《みよ》が顔を出すと、

「おや」

「へーえ」

一同はしんと静まりかえった。

「美代吉《みよきち》親分?」

「本当かい?」

「それにしても、よく似合うね」

桔梗《ききよう》の花に似せて改良した真紅の変化朝顔は、艶やかで大輪な上に、長く細い竹のような葉姿と相俟《あいま》って、きりっとした強さを感じさせている。

「涼ませてもらいますよ」

お美代はまず、季蔵と五平に挨拶《あいさつ》を済ませると、

「このたびは――」

徳兵衛に頭を下げた。

――〝このたびは〟ですって!――

見守っていたおき玖は腰を抜かしかけた。

――美代吉さん、女の言葉、忘れていなかったんだわ――

「浴衣だけじゃなく、帯から下駄まで、あっしに過ぎた、似合わねえ、上等なものをいた

だいちまって」

お美代はしきりに照れて、両袖《そで》を所在なげに振り続け、

「夢に出てくる女房が着ている柄でしてな。女房はもう、気が遠くなるほどの歳月、それを着ているんです。所帯を持った頃は、食うや食わずでしたから、入谷《いりや》の朝顔市で気に入った朝顔さえ買ってやることができず、〃いつか、必ず、この朝顔と同じ柄の浴衣を作ってやる〃と約束したんです。ずっと、心残りでなりませんでした。でも、もう、夢ではなくなったんですね。夢が叶《かな》ってこんなに幸せなことはない。ありがとう、お美代さん」

徳兵衛は皺《しわ》の中に埋まりかけている小さな目を潤ませた。

〃三年目〃と桃を掛けた納涼会は、後ろに立ち見の客が出るほどの盛況ぶりだったが、

「大変、大変」

七輪で揚げ物をしていた季蔵におき玖が告げた。

「意外な人が来てるの。田端の旦那が油障子を開けて、立ってるのよ」

「田端の旦那なら、納涼会のことも伝えてあるのですから、おいでになってもおかしくないでしょう」

「それだけじゃないのよ。旦那を見つけた美代吉さんが、駆け寄って、どうぞ、どうぞって、手を引かんばかりにして、座らせると、お酌しはじめたのよ」

「そうでしたか」

季蔵はまるで驚いておらず、

――そんなことぐらい、松次《まつじ》親分でも、やるだろうって言いたいんだろうけど、相手が美代吉さんだと、見逃せないわ――

「とにかく、大変なことなのよ」

おき玖はまだ、息を弾ませていた。

二

こうして、〝三年目〟と桃を掛けた納涼会は無事に済んだ。

「〝三年目〟ってえのは、つくづく女のための噺だと思ったよ」

翌日、改めて礼をしたいという、徳兵衛と一緒に訪れた喜平は顔をしかめた。

「たしかに、男は身につまされすぎて――」

そう言って、徳兵衛は菓子折を季蔵にそっと手渡した。菓子折の上には、松島屋の紋が入った袱紗《ふくさ》が乗っている。袱紗には小判が包まれていた。

「いただくのはこれだけで」

季蔵は袱紗を取り上げて、

「角が立つようで申しわけないのですが、礼をいただくよりは、贔屓にしてもらえというのが、先代からの戒めなので、すみません」

徳兵衛に戻そうとした。

「一度出したものですし、ここまでお世話になったのに――」

「お気持ちは有り難いのですが、とっつぁんの戒めを破るわけにはいきません」

しばし、二人は押し問答になった。

「仕様がねえな」

愛想を尽かした喜平は、

「貸してみな」

とうとう、季蔵の手から袱紗の金包みをするりと奪うと、

「この金は徳兵衛さんが、ここ当分、塩梅屋を贔屓にして、飲み食いするためのものだ。預かっといてくれ」

改めて季蔵に差し出した。

「そうとなりゃあ、冥途《めいど》の長次郎さんも、合点してくれるだろう」

「わかりました」

季蔵は渋々受け取った。

――さすが、喜平さん、年の功だわ――

おき玖は喜平がつけた始末に安堵《あんど》の吐息を洩《も》らした。

礼を断られて、一瞬、表情を曇らせた徳兵衛だったが、今はほっとして、にこにこと皺深い好々爺《こうこうや》の顔に戻っている。

「それで、〝三年目〟の噺についてだが――」

喜平は話を前に戻した。

「これからも、あんなのが多いのかい？」

「わかりません。まだ、これと決めていないので。あと、二つ、玉輔さんに噺してもらうようお願いしています」

「噺はその都度、決めるってわけか」

「はい」

「それじゃ、今度は、女ばかり喜ぶ噺じゃないもんにしてくれ」

「お心当たりは？」

「はて、それを言われると弱いね。男も女も笑えるものがいいが――。徳兵衛さん、何か、思いつくものはないか？」

「そうですね」

心持ち首を傾けた徳兵衛は、

「わたしはやっぱり、〝三年目〟しか――。何遍でも〝三年目〟を聴きたいと思います」

呟《つぶや》くように言って、

「これじゃ、答えになりませんね」

苦笑した。

季蔵がこの話を立ち寄った辰吉と勝二に話すと、

「たしかにご隠居の言うとおりさ。〝三年目〟は男にとっちゃ、身体《からだ》があちこちむず痒《がゆ》くなって、その後で、ぞーっと冷え込んできそうな噺だった」

珍しく、辰吉は喜平に同調し、

「どうせ、取り憑《つ》かれるなら、〃へっつい幽霊〃の方がまだ、いいような気もしますね」

勝二はしかめっ面で言った。

元松風亭《しょうふうてい》玉輔こと長崎屋五平も、その夜から二日ばかり経《た》って訪れた。

「三回目の演目を決めなければなりません。ここは是非、皆さんに喜んでもらえるものにしないと」

五平は常より緊張している。

「〃三年目〃はどうも、男のお客さんが今一つで——。おちずはあんないい噺はなかった、あんな噺もできるのだと褒めて、惚《ほ》れ直したなんて言ってくれたんですが、他所《よそ》から、男には楽しめない噺だとお叱《しか》りを受けまして——。わたしはそうは思わないんですが」

「五平さんとおちずさんの御夫婦は特別だわ」

おき玖がからかった。

「まあ、皆さんのご意見はいろいろあるものでしょうが、次は趣《おもむき》をがらりと変えて、誰もがからっと笑える、夏空のような怪談噺がよさそうですね」

季蔵の言葉に、

「からっとした夏空のような料理でも、思いついているんですか？　そちらを先に聞かせていただくと、これという噺が浮かぶかもしれないので——」

「こういうご時世の夏ですから、材料が安く手に入って、財布に優しい上に美味《うま》く、身体に精のつくものでないと、心が晴れません」

「この時期、美味く、精がつくといえば鰻《うなぎ》ですが、あれは高いですからね」

「鰻の代わりにはなりませんが、イナを何とかできないものかと――」

「ほう、イナね」

イナは鯔《ぼら》の幼魚である。この時期、汽水域に多く泳いでいるので、釣り竿《ざお》を垂れると、苦もなく、イナを釣り上げることもあった。

「たやすく釣れるイナなら、鯵《あじ》や鰯《いわし》、鯖《さば》よりも安上がりですね」

「長崎屋の旦那様となると、あまり、召し上がらないかもしれませんが」

「料理屋では見かけませんから、このところは口にしていません。ですが、松風亭玉輔だった頃は、勘当されていて、その日暮らしでしたから、住んでいた長屋で、ご亭主が食べきれないほど、釣ってきたからと、お女房《かみ》さんたちに、イナの塩焼きを御馳走《ごちそう》になりました。淡泊な味でしたが、夏の暑い盛りはさっぱりしていて、かえって食が進みましたっけ。なるほどイナね、いい目の付け所です。是非、これに愉快な怪談噺を合わせましょう」

「料理を先に決めてしまってよろしいのですか」

「なに、かまいませんよ。今、ちょうど、長屋に住んでいた玉輔時代を、なつかしく思い出していたところでして――」

五平は急に活《い》き活《い》きとした表情になって、

「よし、決まった」

両手を打ち合わせた。

「それ、何という噺？」

おき玖は知らずと身を乗りだしていた。

「〝お化け長屋〟」

五平はぴしゃりと言い放った。

「ええっ？　あれ、怪談噺？　幽霊なんて出てこないじゃないの」

首をかしげたおき玖に、

「男は女より幽霊を怖がるものです。一つくらい、幽霊騒動の噺があってもいいんじゃないかと――」

――たしかに、〝お化け長屋〟は楽しい噺だ。皆、お腹《なか》の底から笑うことができるだろう――

「何より、舞台が長屋だというのがいい。長屋の連中たちが、幽霊騒ぎを仕組んで、どたばた動く――」

五平は〝お化け長屋〟の筋立てや、幽霊騒動の立て役者である、知恵者の杢兵衛《もくべえ》の身振り、手振り、話し方を思い出して、うれしそうに笑った。

「面白そう。あたし、何だか、聴きたくてしょうがなくなったわ。我慢できない。是非、聴かせてくださいな」

せがんだおき玖に、

「それでは――」

五平は〝お化け長屋〟を噺した。

借家怪談とも言われている〝お化け長屋〟は、長屋の連中が重宝に使っている、一軒の空き家に、借り手がつかないようにしたいという相談から始まる。

この相談を受けたのが、長屋一、頭がいいとされている杢兵衛で、差配《さはい》になりすまして、借り手たちと会い、この家には幽霊が出ると偽って、追い返すことにするのであった。

一番目に来た借り手の男は、雨の日に後家《ごけ》が泥棒に殺されて以来、女の幽霊が出るという、まことしやかな話を聞き、背後から濡れ雑巾《ぞうきん》で顔を逆撫《さかな》でされると、財布を置いて逃げ出してしまう。

ところが店賃《たなちん》（家賃）の安さに釣られた二番目の男は、威勢がよく、幽霊の話などにはびくともせず、早速、引っ越してきてしまう。

困った長屋の連中は、杢兵衛に命じられるまま、借りた家に潜み、幽霊を演じる。男が外から戻ってきた折、チーンと仏壇の鈴《りん》を鳴らしたり、長い髪の毛の音をさせながら障子を開けたり、しまいには頭や顔めがけて、天井から濡れ箒《ほうき》を垂らすと、さすがのその男も逃げ出す。

また、戻ってくるかもしれないと、一人が布団に潜り、坊主頭の按摩《あんま》を頼んで、二人がかりで大入道が寝ているように見せかけるが、男が岡っ引きを連れて戻ってくると、これは敵《かな》わぬと連中は逃げてしまい、按摩だけが残る。

これを見た岡っ引きが、〝按摩を残して逃げるとは尻腰《しっこし》のねえ奴だ〟と言い、男は〝（大入道の）腰（下半身役になった奴）はとうに逃げました〟と応《こた》えてサゲる。

江戸言葉の尻腰《しっこし》がねえとは、意気地がないという意味で引っ越しに掛けているのである。

三

「イナとは考えたものね」

「とっつぁんの日記に、いつか、イナを尽くしにして店で出したいと書いてあったのです。それを今回、わたしがやらせていただこうと——。それでも、生半可《なまはんか》な料理を陰膳《かげぜん》に供えたら、〝こんなもんじゃ駄目だ〟と、大目玉を食らうかもしれません。気を引き締めてやり抜こうと思っています」

季蔵は決意のほどを示した。

「考えてみれば、イナの親、鯔って面白い魚よね。一応、出世魚ってことで、ハク、オボコ、イナ、ボラ、トドと呼び名が変わって、大きくなってくんだけど、オボコもイナも、トドまで、よく知られた意味があるんだもの」

オボコにあやかって、世間では若い生娘《きむすめ》のことをおぼこと言う。鯔背《いなせ》というのは、勇み肌で粋《いき》な若者のことだったが、魚河岸《うおがし》の若者がイナの背のように髪を結んでいて、たいそう格好よく映ったのがはじまりだった。トドは体長二尺（約六十センチ）以上の鯔の大魚のことであり、〝どのつまり〟という言葉もこれに関わって出来た。

「〝鯔は、同じ出世魚でも、鯛《たい》よりずっと軽んじられているが、カラスミとなると、たいした値打ちものとなるのが忍びない〟と、とっつぁんが書いていました」

カラスミは鯔の卵巣を干し上げて作る。大変、人気も値も高い珍味である。

「たしかに、子が親に勝ってしまうわけですものね」

「人に例えれば、イナは若者。これぞという料理に仕上げてやりたいものです」

「それで料理の名はどうつけるの?」

「〝お化け長屋〟と五平さんの思い出にあやかって、イナ長屋としようかと思ったのですが、それでは、怪談噺で納涼という趣がなくなるので、イナお化けにしました」

「いいわね、イナお化け。長屋の人たちの愉快な幽霊騒動と相俟ってる」

おき玖は目を細めた。

翌日、早速、季蔵は豪助《ごうすけ》を呼んだ。船頭の豪助は蜆《しじみ》や浅蜊《あさり》売りも兼ねているので、漁猟の技や見聞に、少なからず長《た》けていた。

〝お化け長屋〟とイナお化けの話を聞かされた豪助は、

「そりゃあね。俺もイナを釣らねえわけじゃねえけど、あれはちょいと臭みが強いよ」

あまり乗り気ではなかった。

海で産まれた鯔の子、ハクは一寸(三センチ)以上のオボコになると、河川を上って淡水で生活するのだが、この際、川底の泥に付いている微細な藻や有機物が餌《えさ》になる。

「あらいなんぞにすると、特に臭みが気になる。端午《たんご》の節句に欠かせない鯉《こい》なら、多少、我慢もするが、イナとなるとなあ」

鯉と比べてもイナは位が低い。

「冬に鯔になっちまうと、どういうわけか、臭みがなくて、カラスミもヘソも美味いんだが――」

ヘソというのは、算盤《そろばん》の玉のような形をした鯔の胃壁のことであった。川底をこそぐように、日々、餌を漁《あさ》り続ける暮らしを続けるせいで、胃の筋肉が恐ろしく鍛えられた結果である。これがこりこりとしていて、醤油《しょうゆ》をつけて焼くと、酒飲みにはこたえられない肴《さかな》になる。

「臭いのは、釣ったイナをよく、洗わないからだ」

季蔵は言い切った。

「泥を漉《こ》して餌を食ってるから、イナは臭いんじゃなかったのか」

「あらいは活き締めにして、酢味噌《すみそ》で食べる刺身だろう。これだと、魚が新しいから、何もかまわなくても、美味いと思いこみがちだが、そうではない」

「何だ、そうだったのか。臭みさえなければ、イナは美味い魚だよ。刺身にした姿は真鯛にそっくりだし――」

「これを釣ってみたい」

おやという顔でおき玖は季蔵を見た。

「兄貴がかい?」

「そうだ」

「蜆や浅蜊もとったことがねえのにかい」

「活き締めにするイナは自分で釣りたい」

「気持ちはわからねえでもないが、あらいにするイナは、八寸（約二十五センチ）ぐれえねえと駄目だぜ。小さすぎるとまるで、脂が乗ってねえし」

「大きな釣り竿がいるのだろう」

「知り合いに漁師は多い。だから、いくらでも、貸してくれる奴はいるだろうけど」

「頼んでほしい。鱸《すずき》やイナ釣りは大店の旦那衆が趣味にしているとも聞いている」

「結構、素人《しろうと》にはむずかしいのよね」

おき玖が口を挟んだ。

「実を言うと、おとっつぁんも試そうとしたことがあるのよ。やっぱり、今の季蔵さんみたいなこと言って。でも、相談した漁師さんに、筍掘《たけのこほ》りほどやさしくない、趣味にしている旦那衆にしても、女房に菜をと頼まれて、糸を垂れる長屋の亭主や貧乏なお侍たちも、多少は年季が入ってると、呆《あき》れ顔で諭《さと》されて諦《あきら》めたの。おとっつぁん、やり慣れてる筍掘りも、年季のいるもんだって知ってたから」

「そうか——」

季蔵は残念でならない顔をした。

「無念だな」

つい侍言葉が出て、

「俺が釣ってくるのでは駄目かい」

豪助の助け船に、

「まあ、仕方がない」

季蔵は乗ることにした。

その日、早速、豪助は釣ったばかりのイナを、締めた後、魚籠《びく》に入れたまま届けてきた。

「どうやったら、イナが臭くなくなるか、知りてえもんだ」

豪助は興味津々で、季蔵のイナさばきを見守った。

まず、季蔵は三吉に井戸の水を大きな盥《たらい》に運ばせた。何度も何度も、柄杓《ひしゃく》を使いながら、
鱗《うろこ》とぬめりを取るのだ。

「鱗とぬめりが臭みになるんだ」

三吉に言い聞かせた。

三吉は柄杓を持つ手を止めず、季蔵が頭と内臓を取り除いた後のイナを洗っている。

「あと、まだ、腹の黒い膜や骨も取らないと駄目だ」

季蔵の包丁が腹膜や腹骨をすき取りつつ、イナの身を三枚に下ろして行く。

なおも三吉はイナを洗い続けた。

盥の水がおおかた無くなったところで、

「これでよし」

季蔵はさく取りをして、皮を引き、刺身用のイナを作った。これを薄切りにしていると、

「イナの身って、牡丹《ぼたん》色の血合いの色が綺麗《きれい》ね。どんなお皿にも合うし――」

おき玖は、気に入っている伊万里《いまり》の大皿を出してきた。

「三吉、酢味噌を頼む」

「いいんですか、おいらの味付けで?」

「大丈夫だ」

三吉は白味噌と辛子《からし》、砂糖と酢で、あらいには欠かすことのできない酢味噌を作った。

最後に季蔵は、汲《く》み上げたばかりの冷たい井戸水を三吉に運ばせて、平たい笊《ざる》に並べた
薄い切り身の上に打つようにかけた。

刺身との違いは、まさにこの手間である。

こうして、イナのあらいが出来上がった。

「どれどれ」

一口、これを摘《つま》んだ豪助は、

「おっ」

しばし呆然《ぼうぜん》として、

「ほんとだ、ちっとも臭くねえ」

白い歯並みをこぼしてにっと笑った。

「さすがだねえ」

「美味《うめ》え」

「ほんのり、甘いのね」

おき玖と三吉も各々《おのおの》、口に運んだ。

「こんな時季だし、イナは冷たくて、こりっと身の締まったあらいに限るな。刺身の代わりだ」

豪助の言葉に、

「あら、あたしはやっぱり、お刺身がないと寂しい気がするけど」

「普通の刺身にすると、あらいに負けそうですから、ここは一工夫してみましょう」

季蔵はおき玖に微笑《ほほえ》んで、素早く、イナの梅和《あ》えを拵《こしら》えた。

すり潰《つぶ》しておいた梅干しに、細かく刻んだ大葉、煎《い》り胡麻《ごま》に、味醂《みりん》風味の煎り酒、胡麻油を加えた、独特のたれで、薄切りにしたイナを和えるだけの料理であった。

「何って、美味しいの。ご飯が恋しいわ」

おき玖は飯の炊けていない竈《かまど》をちらっと、恨めしげに見て、

「これで、あらいとお刺身、イナの生もの二種は出来上がったわね。後は焼き物と揚げ物、汁にご飯まで――。これから、どんなものを季蔵さんが食べさせてくれるのか、愉《たの》しみでならない。豪助さん、また、明日もしっかり、イナを釣ってきてね。お願い」

豪助の肩をぽんと叩いた。

「う、うん」

豪助がうつむいて、赤面したのは、おき玖に密《ひそ》かな想《おも》いを寄せているからだったが、当のおき玖は気がついていない。

ただし、豪助はおき玖のように、心の中で、〝朴念仁〟とは罵《ののし》らず、

――ん、まあ、こういうのも悪くはねえな――

酒も飲んでいないのに酔った気分になった。

四

翌日、季蔵は暑苦しくて目を覚ました。額から汗が流れている。

長屋の一番鶏《どり》はもう、とっくに鳴き終わっている。珍しく、遅くまで寝てしまっていた。

――昨日は寝るのが遅かったからな――

夜が明けかかるまで、何日か前に古本屋でもとめた料理本を読み続けていたのである。

「ええっ？　ほんとうかい」

井戸端で洗濯をするおかみさんたちの声が聞こえている。

「まさか――」

「信じられない」

「そんなこと――」

どの声も驚いている。

「あの六助爺《ろくすけじい》さんがねえ」

「あたしゃ、いつだったか、道で声をかけたよ」

「昔話はうんざりだったけど」

「どうせ、嘘《うそ》だってわかってる、豪勢な自慢話だろ?」

「年寄りだもの、せめてもの見栄《みえ》さ」

「独りだったしね」

「それにしても、どうして、あんなことに――」

「道で刺し殺されるなんて、ああ、恐ろしい」

「何でも、六助爺さん、かっと目を見開いた、もの凄《すご》い形相《ぎょうそう》で死んでたそうだよ」

「そのうち、化けて出るんじゃないの?」

「こんな時季だしねえ」

「嫌だよ、何だか、朝っぱらだというのに、生ぬるい風が、ふわーっと首のあたりを通りすぎたような気がしたよ」

「それ、無念の六助爺さんじゃないのかい」

「冗談は止《や》めとくれ」

「そうだよ。化けて出られるのは、悪いことをした奴で、あたしたちは何もしてないんだから」

「縁起でもない爺さんの話は止めよう」

そこで女たちの話はいったん止んだ。

——あの六助さんが——

起き上がって、布団を片付けた季蔵は、残っていた薬罐《やかん》の水をもう一度沸かし直して、まずは、丁寧に淹《い》れた煎茶《せんちゃ》を飲んだ。そのうちに、六助のことが気になって、夏の起き抜けは冷たい井戸水も悪くはないと思い立ち、油障子を開けて、外へ出た。

「あら、季蔵さん」

隣りに住む屋根大工の女房おていがにっこり笑った。男ばかり四人続けて産んだおていは、三十路《みそじ》を越えて、やっと五番目に女の子に恵まれた。念願の長女を背中に括《くく》り付け、浴衣を揉《も》み洗いしている。

小柄でよく肥え、平たく丸い顔は、頭が潰れたように平たい、愛嬌《あいきょう》のあるイナの顔に似ていないこともなかった。

「季蔵さん、おはよう」

「おはよう」

集《つど》っていたおかみさんたちも、口々に言葉をかけてきた。

おていより、幾つか年下で、木地師《きじし》の女房おとしは、近くで、ツユクサを引き抜いて遊んでいる、三、四歳の男の子に、

「駄目だよ、路地から出ちゃ。見えるところにいるんだよ」

と大声を出した。

おていと正反対に痩《や》せぎすながら、おとしは秋刀魚《さんま》のような姿形をしている。季蔵がおとしを秋刀魚だと思ったのは、秋に焼き秋刀魚を振る舞われた時であったが――。

「おはようございます」

季蔵は深々と頭を下げた。

「いつもより、遅いのね」

おていの目が案じた。

「今日は寝過ごしてしまいまして――」

「昨日、帰りが遅かったの？」

「いえ、帰ってから、つい、宵っぱりの癖が出て――」

「それじゃ、よかった」

口を挟んだおとしが、ほっとため息をついた。すると、おていは急につんけんして、

「なにね、おとしさんは心配症なのさ。季蔵さんは帰りの遅いことが多いから、心配だって、始終、言ってるもの」

洗い上がった洗濯物を干そうと立ち上がった。

前の年の秋、おとしが季蔵に秋刀魚の塩焼きを裾分《すそわ》けした時も、こんな風においては不機嫌になった。

「昨夜、あんなことがあったんだもの」

「嫌だ、もう、あの話は無しにしようってなっただろう」

おとしは呟いた。

素っ気なく、おとしに釘《くぎ》を刺そうとしたおていを、

「その話、気になりますね」

季蔵は見つめた。

「商いが商いですからね。帰りはこれからも、遅くなる日があるでしょうから。お隣のよしみで話してくれませんか」

「あんたにそこまで言われりゃ、嫌だけど、話すよ。ここじゃ、誰も、あんたが六助爺さんみたいな目に遭えばいいなんて、思ってるもんはいないんだから」

やっと、おていの機嫌が治った。

「それというのは――」

おとしが口火を切りかけると、

「おとしさん、ちょっとお醤油切らしちゃった。貸してくれない？」

「うちはお味噌を」

口実をつけた女たちは、

「それは後で届けるから――」

なおも、止《とど》まろうとする、おとしの袖を引っぱり、

「おっかさんが帰るって」・

遊んでいる子どもにも声をかけると、おていと季蔵を残して、その場を立ち去った。

季蔵の住まう銀杏《いちょう》長屋の女たちを仕切っているのは、このおていなのである。

「いつか、あんた、六助爺さんに深川飯を食わせてやってただろう？」

おていは話し始めた。背中の女の子はよく眠っている。

「そんなことが何度か、ありました」

「食うものがないと人にねだるのが常だったからね」

「でも、無理もない身の上ですよ」

六助は六十歳を過ぎた、白髪頭さえ疎《まば》らになっている紙屑拾《かみくずひろ》いであった。

「秤《はかり》を持って、大きな竹籠《たけかご》を天秤《てんびん》棒で担いで歩く、紙屑買いとは違いますからね」

紙屑買いは、お上に商いを許された問屋で、反古《ほご》紙（書き損じ）などの紙製品を買い取り、古紙問屋に売る。弱小ながら元手を必要とする稼業であった。

「紙屑拾いですから——」

小さな竹籠だけ持って歩く紙屑拾いは、道端に落ちている紙屑を拾って、古紙問屋に持って行き、その日暮らしの食い扶持《ぶち》を稼いでいる。

「いつか、この近くで、六助さんが、犬に嚙みつかれそうになったことがありましたね」

季蔵は頰《ほ》っ被《かむ》りをして、紙屑を拾っていた六助が、野犬に吠《ほ》え立てられ、震え上がっていたところを助けたのだった。

——思えば、あれが六助さんとの出会いだった——

「季蔵さんは人がいいんだから、すっかり、あの爺さんに同情してさ」

「あの年齢で天秤棒を担ぐのは辛かったでしょうしね。おていさんだって、優しく、話しかけてあげてたじゃないですか」

「つい、気の毒になっちまってね。でも、時々、あの年齢まで何をしてたんだろうって、思うことはあったね。もう、ちっと、ましな暮らしができるよう、若い時に精を出して働き、ちっとは貯《たくわ》えを残しておきゃあ、よかったのにってさ。まさか、前のことが因《もと》で殺されたんじゃないだろうけど――」

「どういう亡くなり方をしたのです？」

刺し殺されたとは聞こえてきたが、くわしくは語られていなかった。

「あのおとしさんが聞いてきた話だから、どうもさ」

おていは眉《まゆ》に唾《つば》をつけた。

「朝早く、豊海《とよみ》橋を通った人が、刺されて死んでるのを見つけたっていうんだよ。辻斬《つじぎ》りだろうって、おとしさんは言ってるけど、どうもね」

「お酒を飲んでいたのでしょうか」

六助は無類の酒好きであった。四六時中、飲んでいたい口で、こうなると、もう、病気に近い。

「暗くっちゃ、紙屑だって拾えやしないってぇのに、それで、あんなところをぶらぶらしてたんだから、酔ってたに決まってるよ」

季蔵はこの日、一日、六助のことが心にかかった。

――六助さんがどんな生き方をしてきたとしても、あれでは酷すぎる――

いつものように昼過ぎて、

「邪魔をする」

田端宗太郎《そうたろう》が美代吉を従えて入ってきた。

田端は削《そ》げたような顔が、やや穏やかに和《なご》んで、娘岡っ引き姿のお美代は、気のせいか、鋭かった目が丸くなったように見える

――よっ、ご両人――

おき玖は心の中で冷やかして、二人のために冷や酒の入った湯呑みを運んだ。

「松島屋のある尾張町と、うちのある芝口の間に、家を借りて引っ越したばかりなんですよ。場所は惣十郎町の権兵衛《ごんべえ》長屋でさ。当分、そことうちを行き来するつもりでさ。家探しでは、すっかり、旦那の世話になっちまいましたよ」

お美代は切れ長の目の端から笑みをこぼした。

「松島屋は庭付きの一軒家をと気前のいいことを言ったが、女が一人、一軒家に住んでは目立つ。松島屋が狙《ねら》われるようなことがあってはいかん。それで俺が松島屋を説得して、手頃な長屋を探したのだ」

「あっしはがきの頃から、長屋住まいに慣れてますからね。一軒家なんぞ、堅苦しくて――。こりゃあ、もう、旦那のご配慮が有り難くて、願ったり叶ったりでさ」

お美代の笑みは顔全体に広がった。

——こういうのを幸せな眺めというのね、きっと——

羨ましさのあまり、おき玖はふーっとため息をついた。

五

「豊海橋脇で紙屑拾いが殺されたそうですね」

季蔵は訊《き》かずにはいられなかった。

「地獄耳だね」

お美代はさすがに顔から笑みを消した。

「名は六助」

「知り合いだったのかい?」

「まあ、袖振り合うほどの縁にすぎませんが。朝、長屋の人たちが話していたので気にかかって——」

「紙屑拾いの六助なら、匕首《あいくち》で首を刺されて死んでいた」

田端は三杯目の冷や酒を手にしている。

「刀傷でないとすると、辻斬りではありませんね」

「噂《うわさ》では辻斬りなのか」

苦い顔をした田端は、この手のお先走りの噂を忌《い》み嫌っている。

「噂が先に立ち過ぎると、真の下手人を捕まえ損ねる」

というのが、田端が噂や瓦版屋《かわらばんや》を嫌う理由であった。

「紙屑拾いを狙う、焼きが回った追い剝《は》ぎが居るとは、こんなご時世だからでしょうか」

季蔵は田端の考えが知りたかった。

――季蔵さん、この話をもっとくわしく知りたいんだわ――

「ほんと、紙屑拾いを襲ったところで、持っているのは紙屑だけでしょうに」

おき玖も繰り返した。

「持ってたのは、紙屑だけじゃねえから――」

言いかけて、あっと、手で口を押さえたお美代は、

「あっしとしたことが。旦那、すいやせん」

田端に向けて頭を下げたが、

「いや、かまわん。先を続けろ」

悠然と田端は四杯目に口をつけた。

「いいんですかい」

お美代は田端と季蔵の顔を交互に見た。

「かまわん」

「それじゃぁ――」

なおも、お美代は躊躇《ためら》っている。

「よほどのお宝を持っていたのでしょうね」

季蔵は見当をつけてみた。

「持ってたことは持ってたんだが、小判が一枚、ぽろっとね、殺された紙屑拾いの口の中から出てきたんだ」

「これが、どうしてなのかということになっている」

田端は季蔵の顔に目を据えた。

「こうは考えられる。六助ともう一人が盗みを働き、金を分けると見せかけて、相手が六助を刺し殺した。匕首を持ち出された六助は、咄嗟《とっさ》に、手にしていた小判の一枚を口に入れ、殺した相手は、残りの小判を持ち逃げした。そうだとすると、後で小判が足りないことに気づいて、今頃、口惜《くや》しがっているはずだ――」

「それだと、小判との辻褄《つじつま》が合いますね」

――そうでも考えなければ、六助さんが一両もの大金を咥《くわ》えていた理由がつかない――

「いったい、どこの誰が押し入られて、小判を盗まれたのです?」

「月夜だった昨夜は、市中での押し込みは一件も起きていない」

「すると、旦那のこの考えは――」

「見当外れということなのかもしれない」

「旅の人を尾行《つ》けて、襲ったのかもしれません」

「それは、まあ、考えられなくもないが」

田端はお美代に向けて、顎《あご》をしゃくって、

「お美代が話したがっている」

聞いてやってくれといわんばかりに、季蔵に浅く辞儀をした。

――田端の旦那がこんなに優しかったなんて――

あまりの意外さにおき玖は声も出ない。

「これから、あっしの言うことこそ、見当違いかもしれやせんが」

お美代は、

「田端の旦那のお世話で、前に話した権兵衛長屋に落ち着きやしたが、そん時、ちょいと、気になることをおかみさんたちから聞いたんですよ。何でも、ここへは、あの六助って、殺された紙屑拾いが、三月ほど前から、通ってきてて、しつこく、どうしても、借りたい、だから、他人へは貸すなって、差配さんに掛け合ってたって。紙屑拾いじゃ、誰が見ても、店賃を払えそうもねえんで、差配さんが断ると、店賃を高く出すから、押さえておいて欲しいとまで、六助は言ったそうで」

――空き家をめぐる駆け引き、まさに、〃お化け長屋〃だな――

「六助は、おおかた、橋の下で物乞《ものご》いたちと一緒に、雨露を凌《しの》いでたんだろうが、どうして、また、権兵衛長屋の空き家を借りようと思い立ったのか、不思議な気がしたんだ。でも、咥えてた小判でぴんと来て、六助には、金の入る当てがあって、頼み込んでたんじゃねえかって――」

「長く練った挙げ句の盗みだったというのですね」

――ということは、行き当たりばったりに、追い剝ぎを働いたのではないな――

「それでも、押し入られた家や店がなけりゃあ、下手な考え何とやら――。話になんねえ」

お美代は肩を落とした。

「こうなったら、六助さんの知り合いを聞き込まれては？」

「それが、住《す》み処《か》さえわからず、苦慮している」

田端は眉間《みけん》に皺《しわ》を寄せ、

「橋の下とは言ったが、橋の下が市中にどれだけあるか、わかんねえから、探しようがねえのさ」

お美代は労《いたわ》るような眼差《まなざ》しを田端へ向けた。

翌日、いつもの刻限に起きた季蔵が、飯を炊いていると、

「季蔵さん」

相変わらず、長女を背にしたおていが油障子を開けた。

「昨日から、六助爺さんのことで、ちょいと、気にかかることがあってね」

「わかります」

「これから、六助爺さんが住んでるって言ってた、深川の大島町へ行ってみようかと思うんだけど。何か、わかるかもしれないし」

「六助さんは大島町に住んでいたのですね」

「あたしを馬鹿なお人好《よ》しだと思ってくれてもいいよ。あの人、身内は誰もいないから、このままじゃ、無縁仏にされちまうだろう。せめて、遠い親戚でもいてくれて、供養してくれたらって」

「わたしも一緒に行きます」

——この話はどうにも気にかかる。大島町に何か、手掛かりがあるかもしれない——

納豆に梅風味の煎り酒をかけて、炊きたての飯に混ぜて食べ終わった季蔵は、おていと背中の長女と共に、六助が住んでいたという深川の大島町へ向かった。

日本橋川伝いに歩く。おていの背中の赤ん坊はよく眠っている。永代《えいたい》橋を渡った。頭の真上に昇った夏の陽《ひ》が、じりじりと身体を照りつけてくる。

「大事な仕込みの前に悪いね。もしかして、これ、とんだ無駄骨かもしれないのに。考えてみれば、おとしさん以上にこれだもの——」

額に噴き出た汗を拭《ぬぐ》いながら、おていはまた、指で眉を撫《な》でた。

「大島町にあるのはどんな家なのですか？」

「それが一軒家だって。庭があってね、小さな灯籠《とうろう》や鹿威《ししおど》しもあるんだって、自慢してたよ、あの爺さん」

「それは立派だ。わたしたちなど足許《あしもと》に及ばないお大尽《だいじん》ぶりです」

「けど、そんな人が、紙屑拾いなんぞするかねえ？」

おていは首をかしげた。

「おていさんは、六助さんとよく話をしていたのですね」

「あたしほど、根気よく、爺さんの自慢話を何度も聞いた者はいないだろうよ。長屋の連中が、寄って集って、嘘だ、法螺《ほら》だって決めつけてると、何だか、可哀想《かわいそう》になっちゃってね」

「どんな話を?」

「昔、さんざん、楽しく遊んだ話が長くて、最後は大島町の家の話になったっけ。その立派な一軒家の客間の簞笥《たんす》の中には、ろうかんの簪《かんざし》と根付けが箱にしまってあるから、もっと、年齢を取って足腰立たなくなった時、世話をしてくれたら、お礼にやるよなんて言ってた――」

緑色にとろりと溶けるように輝くろうかんは、極上の翡翠《ひすい》である。

「言っとくけど、あたしゃ、信じちゃないし、それがあるかもしれないって思って、深川へ行くんじゃないからね」

「わかってますよ」

――これは、もしかして――。六助さんの話は、嘘や法螺ではなかったのかもしれない
――

六

ほどなく、四方を水に囲まれた大島町が見えてきた。季蔵とおていが、稲荷《いなり》を通り過ぎ、一つ目の路地を入ると、正面に一軒家が目に入った。

「これだよ、これに間違いない」

おていは真紅《しんく》の花を咲かせている夾竹桃《きょうちくとう》を見上げた。

「六助爺さん、目印は大きな狐《きつね》が威張ってる稲荷で、夏は夾竹桃が咲いてる家、その手の家は隣り近所にないって言ってたもの」

――それにしても、奥まっている――

門を入ると庭が見えた。

「六助爺さんの自慢してた灯籠だ、鹿威しもある」

おていは指差して感嘆した。

「本当だったんだ」

季蔵は屋根瓦《やねがわら》に目をはせた。

――欠けたり、落ちたりしていない。そればかりか、少し前に修繕した跡さえある――

二人は家の中に足を踏み入れた。人が居ないというのではなく、生活感がほとんど感じられず、ずっと空き家だったかのようにがらんとしている。

「客間、客間」

おていは飛んで行った。

季蔵が続くと、

「お宝を見つけようってぇのじゃないよ。あたしはただ、六助爺さんの供養をしたくて――」

客間の畳は真新しく、箪笥は上質の桐であった。

おていは目を丸くして、

「これなら、ろうかんがあってもおかしくないね」

箪笥の引き出しを開け始めた。

「何だい、これ」

引きだしは最後の一段まで、もぬけの殻で、着物一枚入れられていなかった。

「ろうかんは高価なものですからね。わたしだったら、人に話した場所には置いておきません」

「じゃあ、どこなんだい？」

「本来、箪笥に入れるべきものでしょうから、近いところではないかと――」

季蔵は四つある部屋の押し入れを回って探した。三つ目の部屋には、ぼろぼろの夜具が置かれていて、六助が寝起きしていた場所だとわかった。そこの押し入れを開けると、柳行李《ごうり》が二つ並んでいた。

――これらが六助さんが日々、使っていたものだったのだろう――

思った通り、中はすりきれた小袖や手拭い、褌《ふんどし》などが詰まっている。飯茶碗や湯呑み、皿や小鉢まで入っていたが、真新しく、使われた様子はなかった。

「ありましたよ」

箸箱《はしばこ》を開けると、牛の形をしたろうかんの根付けが見つかった。

「簪の方は？」

おていは目を皿のようにして、行李を漁り始めた。

「見当たりませんね」

季蔵も再度、探したが、ろうかんの簪の姿はどこにもなかった。

「きっと、別のところへ隠したんだろうよ」

「探してみますか」

「もちろんさ」

この後、二人は半刻《はんとき》（一時間）ほども、家の中を歩きまわって、探し続けたが、見つけることは出来なかった。

「あったのは、もともと、根付けだけだったのかもしれないね」

おていはしょんぼりと肩を落とした。

「簪はあたしの手前、見栄を張ったのさ」

「そうではないと思います」

季蔵は言い切った。

「やけに、はっきり言うね」

「そもそも、御禁制品のろうかんを、紙屑拾いの六助さんが持ち合わせているのが不思議でしょう」

「まあ、そうだけど、どこかで、紙を拾う時に紛れて拾ったとか――」

「ろうかんが道に落ちているなどということは、まずあり得ません」

「ってえことは、あの六助爺さんは盗《ぬす》っ人《と》だったってことに?」

おていはぎょっとして肩を震わせ、その弾みで目をさました背中の子が、わあわあと泣き出した。

「だとすると、簪があると言ったのも、見栄ではなく、本当のことだったのです。おていさん――」

季蔵はおていの目をじっと見つめて、

「これには、裏で危ない人たちが糸を引いているかもわかりません。それで、六助さんは殺されたのかも――。一つ、ここはわたしに任せて、このろうかんを預からせていただけませんか」

おていはよしよしと子どもをあやしながら、

「わかったよ、そうする。ろうかんと聞いた時は、正直、欲が出た。本物のろうかんなら、伝手《つて》を辿《たど》って、上手《うま》く売りさばきさえすりゃぁ、爺さんの供養をしても、たんと金子《きんす》が残る。でも、今はとんだ疫病神だ。あたしゃ、まだ、六助爺さんみたいに三途《さんず》の川を渡りたかぁ、ないもの。季蔵さん、よろしく頼むよ」

恐怖の面持ちで何度も頭を下げた。


大島町へ出向いていたせいで、いつもより、遅く、塩梅屋の油障子を開けると、

「季蔵さん、豪助さんがお待ちかねよ」

おき玖たちが待ちくたびれていた。

「今日は張り切って、イナを十四も釣り上げてきたぜ」

豪助は魚籠を掲げてみせた。

「すまないな」

「何を食べさせてくれるのかい?」

「それは待ってのお楽しみだ」

〃イナお化け〃に合わせるイナ尽くしの料理は、まだ、全部が決まっていなかった。

「三吉、飯を炊いてくれ」

「ということは、今日はイナのご飯物が期待できるのね」

「へい」

三吉が早速、飯炊きに取りかかろうとすると、

「ご飯はあたしが炊くわ。三吉ちゃんは大事な仕事があるはず」

ここで、また、

「へい」

と頷いて、三吉は盥を持って井戸端へと急いだ。

飯が炊ける間、季蔵はイナの下ごしらえを始めた。

「臭みに気をつけなきゃなんねえ、イナ十四ともなりゃあ、さばくのはてえへんだ。俺も手伝うよ」

豪助も包丁を握った。

なかなかの腕前である。

「凄いわ」

おき玖が褒めると、

「この前、じっくり、見せてもらったからね」

「見てるだけで、これだけ、出来るなんて、豪助さん、根っから、器用なんだわね」

「そうでもねえけど、包丁さばきってえのは、船を漕ぐのとどっか似てる」

「へーえ」

「ちょっと、そこまで出てくる」

季蔵は、厨《くりや》と井戸端を忙しく行き来している三吉を尻目《しりめ》に、外に出ていった。

四半刻（三十分）ほどして、
戻ってきた季蔵の手には緑色の葉が握られていた。

「それ、料理に使うんでしょ？」

「ヨモギとは違うな」

豪助はまじまじと手にしている葉を見つめた。

「近くの空き地でイタドリを見つけたんです」

季蔵はおき玖に応えた。

イタドリは苦味、酸味という、乙《おつ》な味わいが楽しめる野草である。

「春のイタドリではないので、葉がやや固いのが恨みですが、あら塩でよく揉《も》んで、そのまま使ってみたいと思っています」

「イタドリ？　聞いたことねえな。兄貴、ほんとに食えるのか？」

豪助は不安そうな言葉とは裏腹に、興味津々な様子で季蔵の手許を見つめた。

季蔵は炊きあがった飯を合わせ酢で鮨飯《すしめし》にした。イナは薄切りにして軽く塩をし、しばらく置いてから酢で洗って、三杯酢につけておく。三杯酢とは酢、醬油、味醂を一杯ずつ同量、混ぜたものが源だとされているが、季蔵は、酢を中心に醬油、味醂の代わりに、味醂風味の煎り酒を使っている。

押し鮨の木型を使い、鮨飯、イタドリ、イナの順に重ねて押す。盛りつけた皿にイタドリを飾ると、いかにも、涼やかで清々《すがすが》しかった。

「イタドリの風味がイナの淡泊な味を引きたてているわ」

「よくわかんねえイタドリも、美味《うめ》えもんじゃないか」

「癖になる味で、これ、食いすぎますね」

好評であった。

「今日のあと、一品は揚げ物」

「おっ、いいねっ」

「もう、ロん中に唾《つば》が湧《わ》いてきた」

この時季、市中の人たちは、精のつくものを食べなければ、夏負けしてしまうと信じていて、毎日は食べられない鰻の代わりに揚げ物を好んだ。

「この前の青物の揚げ物が人気でしたので、今回は少し、多めにイナの竜田《たった》揚げをお出ししようと思っています」

「竜田揚げと来たね」

豪助の目が輝いた。

「味が香ばしく染みてて、あれほど、美味えものはねえけど、竜田揚げといやあ、鯖で知られてる」

「あっさりしたイナも悪くないぞ」

すかさず、三吉が、

「鯖より、たんと、食べられそう」

ぺろりと舌なめずりした。

こうして、イナの竜田揚げが作られた。三枚におろしたイナを一口で食べられる大きさに切り揃《そろ》え、醤油、酒、おろし生姜《しょうが》の汁に漬けておいて、片栗粉をまぶして、からりと揚げる。

「これぞ、夏空みたいな料理ね」

おき玖が微笑んだ。

七

季蔵はイナとイタドリの押し鮨と、竜田揚げを、長次郎の位牌《いはい》に供した。

運んで行ったおき玖は戻ってくるのが遅く、

「あたし――」

勝手口を開けたおき玖は、

「どうしたんだろう？　気がついてみたら、夢中で、あの世のおとっつぁんに願い事をしてしまったわ。何を願ったと思う？」

「さあ」

「あのね、田端の旦那と美代吉さんのこと――。この間、二人で歩いているところを見かけたけど、熱くて熱くて――」

「相当、気にかけていましたね」

「あたし、こう、おとっつぁんに言ったの。〝ねえ、おとっつぁん、身近の人を幸せにしたくない？　料理で幸せにするのもいいけど、そうじゃない、幸せだってあるんだから、そっちを見たくない？　このところ、おとっつぁんの近くじゃ、季蔵さんだって、あたしの身の回りにだって、その手の幸せ、一つもないじゃない？　だから、せめて、あの二人だけは幸せにしてやって〃って――」

「お嬢さん――」

季蔵は息が止まりかけた。

――あの時のことを、まだ――

おき玖が再会した幼馴染《おさななじ》みと、先を言い交わしながら、相手の死という悲劇に直面しなければならなかったのは、一年ほど前のことであった。

――五平さん、おちずさんが祝言を挙げる時も、お嬢さんはことのほか、うれしそうだった。お嬢さんは、幸せな男女に、叶わなかった自分の幸せを託し続けたいのだ。それほど、あのことが――

「田端の旦那はお侍で、美代吉さんはたとえ、松島屋の養女になっても、町人よね。身分の差があるから、好き合っていても駄目なのかしら？」

おき玖は熱心に言い募った。

「お美代さんが、どこかの武家の養女になれば、問題はありません。松島屋さんなら、手づるは沢山、おありのはずですが、ここは、出しゃばらずに、田端の旦那を立てて、お奉行様に、然《しか》るべき方をお願いする方が話は丸いでしょう」

元武士だった季蔵は、思いつくままを口にした。

「北町の田端の旦那のところのお奉行様といえば、あの烏谷《からすだに》様よね」

「ええ」

「今まで独り身だった田端の旦那って、ああいう人でしょ。仕事一筋、好きなものはお酒。決して、自分から押す方じゃない。相手の身分が違えばなおさらよ。母親がうるさい人かもしれないし。だから、季蔵さん、烏谷様に二人のこと、話してくれない？　お奉行様から大丈夫だと太鼓判を押されれば、田端の旦那は前に進めるかもしれない。お願いよ」

「わかりました」

おき玖の傷ついた心が癒《い》えるなら、何でもしようと季蔵は覚悟した。

――もとより、お嬢さんが痛手を受けたことと、わたしは無縁ではない――

「ちょうど、わたしも、そろそろ、お奉行様のところへ伺わなくてはと思っていたところでした」

「瑠璃《るり》さんに、イナのお鮨や竜田揚げを食べさせてあげたいのね」

すでに、松次には夕餉用にと三吉に届けさせていた。

「あらいや和え物の生は、今の時季、もしものことがあるので、持ち運べませんからね」

「あたしがお重に詰めるわ。お奉行様を口説《くど》かなくてはいけないから、これは大変だわ」

北町奉行の烏谷椋十郎《りょうじゅうろう》は巨漢で、たいそうな食通であった。

おき玖の詰めた重箱は、松次のところから戻ってきた三吉が、南茅場町《みなみかやばちょう》へと届けた。

最後の客を送り出して、季蔵が店を閉めたのは、かれこれ、夜五ッ半（午後九時頃）で、まだ、昼間の暑さが残っている夏の闇夜《やみよ》は何やら、ねっとりと重苦しく、黒い蚊帳《かや》の中に囚《とら》われているような気がした。

——この仕事ゆえのことだ——

季蔵が先代から受け継いだのは塩梅屋だけではなかった。先代長次郎《ちょうじろう》は実は隠密同心の端くれで、烏谷の下で隠れ者として働いていたのである。

——誰がとっつぁんを町人ではなく、刀や匕首の使える、元侍だと思っただろうか？

——

長次郎の町人としての暮らしは長く、その上、徹底していて、娘のおき玖でさえ、自分に侍の血が流れているとは、露ほども知らずに暮らしている。

こうした長次郎の仕事を、季蔵が引き継いで、もう、何年にもなる。

この仕事は必要とあれば、定法で裁けない極悪人を手にかけることもあった。

——お嬢さんの時も——

季蔵はその時のことを悔いてはいない。愛娘《まなむすめ》が酷《ひど》い目に遭わされずに済んで、あの世の長次郎は、さぞかし、胸を撫で下ろしていることと思う。

しかし、

——お嬢さんの大事な相手ではあった——

愛する者を奪ってしまったという自責の念は消えなかった。

——辛《つら》い仕事だ——

最初の頃はそうとばかり思い続けていたが、近頃は、

――だが、必要な仕事だ――

ある種の覚悟を決めていた。

「お久しぶり」

お涼《りよう》が季蔵を迎えた。長唄《ながうた》の師匠のお涼は元芸者で、昔、馴染んだ女だと烏谷から聞かされている。上背の伸びた姿のいい女で、その名の通り、通った鼻筋と切れ長の目はきりっと涼やかであった。

「旦那様はまだなんですよ。涼船《すずみぶね》にご招待されたとかで、遅くなると、言づてがありました。でも、かえって、その方が――。瑠璃さんは届けていただいた、イナ鮨がすっかり、お気に召して、常より、沢山、召し上がりましたよ。竜田揚げもね、脂っこい鯖のだと一口で終わるのに、三口も召し上がって――。この手の病の本復は、食にかかっているとか。細くなりすぎるとよくないと、お医者様がおっしゃってるんです。ですから、まあ、こんないいことはありませんよ。さあ、早く、瑠璃さんのところへ、行ってあげて」

追い立てられるように、季蔵は瑠璃が臥《ふ》している二階へと階段を上った。

瑠璃は目を覚ましていた。

「昼寝をなさるので、夜は目が冴《さ》えるようですよ」

以前、お涼から、そう聞いていた。

「わたしだよ、瑠璃、季之助《としのすけ》だ」

季蔵は侍だった頃の自分の名で話しかけた。瑠璃は季蔵の顔を見ても、瞬《まばた》き一つしない時でも、季之助だと名乗ると、僅《わず》かに微笑むのが常だった。

「季——之——助」

瑠璃はゆっくりと、その名を口にしたが、言い終えると微笑みも消えた。

——つかのまの逢瀬《おうせ》だな——

季蔵はこの一瞬のためだけに、ここへ通ってきているのではないかと思うことがある。瑠璃を気遣い、好物を思い出して料理を作る。それには、季蔵の瑠璃への想いがこめられている。だが、瑠璃はどんな気遣いにも応えず、好みが変わったのか、好物を口にしないこともあった。

季蔵は、そんな瑠璃とは、とうてい、気持ちが通じ合っているとは思い難かった。

——たしかに、お嬢さんが言うように、幸福になる男女とはほど遠い——

それでも、これしかないのだと季蔵は思っている。

——たとえ、つかのまでもいい——

風が出てきていた。

季蔵は寝入ってしまった瑠璃に、そっと夏の夜着をかけてやると、欄干の板戸を閉めて、足音を忍ばせながら下へおりた。

「まあ、一杯、お先にいかがです」

お涼に勧められて、盃を傾け始めると、玄関で大きな物音がした。

「旦那様がお帰りになった」

ほどなく、烏谷がほどよく酒の回った桜色の童顔をほころばせて、ぬっと季蔵の目の前に立った。

「わしは、塩梅屋の納涼会に呼ばれず、僻《ひが》んでいたところだぞ」

烏谷はわざと悲しげに眉を下げて見せた。

「お奉行はご多忙なので、控えさせていただいたのです」

ただでさえ激務の奉行職である。加えて、時節柄、烏谷は町人、旗本、大名の別なく催される各方面での納涼会に忙しいはずであった。

「水くさいではないか」

口調は怒っているが、顔は笑っている。

烏谷は隠れ者として長次郎に信頼を篤くしていただけではなく、塩梅屋の味を慕い続けてきている。

「とはいえ、わしなどがうろついては、皆の肩が凝って、噺まで面白くなくなるだろう。せっかくの納涼会が台無しになる」

噺を聴きながらの宴《うたげ》となると、いつものように、烏谷を離れでもてなすわけにはいかなかった。

「まあ、仕方がないか。鮑が好物のわしのために石明魚飯《なまがい》や、お涼や瑠璃が喜んだ、桃の甘酒かけを届けてきたことだし、許してつかわそう」

そう言い放った烏谷は、お重の蓋《ふた》を取って、中を改めると、

「ほう、イナか。しばらく食べておらぬが、市井《しせい》の味がする。今夜は、これを菜に酒を飲み、納涼会の噺より面白い話が聞けそうだ」

と言った。

その目はもう、笑っていなかった。

第四話　一眼国豆腐

一

烏谷《からすだに》はまず、竜田《たつた》揚《あ》げで続きの酒を飲んだ。

「竜田は鯖《さば》と言われているが、そこそこ、飲み疲れ始めた腹には、イナも心地よい」

「実は――」

季蔵《としぞう》は殺された紙屑拾《かみくずひろ》いが、こざっぱりと、屋根が修繕され、畳が替えられている一軒家に住み、ろうかんの根付けを遺《のこ》していた話をした。

「それはまた、変わった話だな」

烏谷は身を乗りだして、

「紙屑拾いは仮の姿で、実はどこぞのお大尽《だいじん》というわけか。まるで、噺《はなし》の落ちのようだな。この江戸は広いから、そんな暮らしぶりもあるやもしれぬと想《おも》って、皆、羨《うらや》ましくてため息をつく。金や身分に囚《とら》われず、好き勝手に生きているのは、他人《ひと》のを見聞きするのでも痛快だ」

ふわふわと笑った後、

「しかし、そんな男が生きられるのは、噺の中だけだ。この世知辛《せちがら》い浮き世では、噺のように珍奇すぎる話を笑って愉《たの》しめない。男は六助《ろくすけ》と言ったな」

眉《まゆ》をしかめた。

「はい」

「残念だが、その六助には後ろ暗いところが必ずある」

季蔵は同調する代わりに、ろうかんの根付けを懐《ふところ》から取りだして、烏谷に差し出した。

「これか」

じっと見入った烏谷は、

「牛か。丑《うし》年に作られたか、丑年生まれの者の持ち物だったのだろう」

「お心当たりはありませんか?」

「わしに心当たりを期待している顔だな」

「もしやと思いまして――」

「心当たりはないが、これは値打ちものだ。ろうかんは御禁制ゆえ、隠し持ち続けられる者でなければ、これを作らせることはできなかったはず。もとより、六助にはふさわしくない代物《しろもの》だ」

「六助はどうやって我が物としたのだとお思いですか?」

「六助は掏摸《すり》だったのかもしれない」

「しかし、年齢《とし》を取って、紙屑拾いでしか、日銭が稼げなくなった掏摸は、一軒家に住むどころか、立派な箪笥《たんす》にお宝を隠してはおけないでしょう？　とうに売り飛ばしてしまっているにちがいありません」

「たしかにその通りだ。掏摸でなく、こんなお宝を隠し持っている者がいるのだとしたら、そやつは押し込みを働いた元盗《ぬす》っ人《と》ということになる。元盗っ人でも、紙屑拾いに落ちるほど、暮らしに困れば、お宝は売り飛ばす」

「分不相応な一軒家にも住めませんね」

「六助には仲間が居たのだ」

「元盗っ人だった仲間ですね」

「六助は身を持ち崩してしまったが、ほかの者たちは、上手《うま》く世渡りし、市井に溶け込んでいるのだろう。そやつたちを六助は強請《ゆす》っていたに相違ない」

「そんなことがあり得るのでしょうか」

「そうでなければ、手入れのされている一軒家の説明がつかない。仲間たちは、六助が罪を犯してお縄になることを何より恐れ、一軒家に住まわせて、遠くからじっと見張っていたのだ」

「そこそこの金をやって、江戸から、追い払いはしなかったのですね」

「六助はあの年齢だ。その昔、そうやって、皆で六助を追い払ったこともあったかもしれない。しかし、どこへ行っても、何をやっても、上手くいかない者はいる。六助もその一人だったと考えると、尾羽《おは》打ち枯らして、江戸へ舞い戻ってきてしまったに相違なかろう」

「そして、迎えた仲間たちが一軒家に住まわせた。六助が紙屑拾いを稼業にしたのは、住《す》み処《か》は世話したものの、小遣いは渡さなかったからでしょうか」

「昔からの六助を知っている仲間たちは、うっかり前のように、小遣いなど渡したら、際限なくなる上に、ただでさえ、よく素姓の知れない老人の豪遊は、人目につくと警戒したのだろう」

「それでよく、六助が承知しましたね」

「その日の暮らしに困って、仲間を頼った時の六助は承知するほかなかったろう」

「そのうちに欲が出た」

「紙屑拾いでは美味《うま》い酒も飲めず、料理に舌鼓《したつづみ》を打つこともできない」

「そこで、以前のように――」

「六助が失うものは、老いぼれの首一つ、つまり、己の命以外何もない。〝おおそれながらとお上に申し出て、何もかも白状してしまうがそれでいいのか〟と、昔から、繰り返してきた強請りに出た」

「仲間たちが六助と同じくらいの年齢だとしたら、今まで築き上げた店や仕事があり、子や孫も居ることでしょうね」

「ついに、失うものが多すぎる仲間たちの堪忍袋の緒が切れた」

「殺された六助は口に小判を咥《くわ》えていました」

「それは聞き捨てならぬな」

　烏谷は大きな目をぎょろりと瞠《みは》った。

「小判はその仲間たちが、六助に渡したものにちがいない。そこから、長きに渡って市中に潜み、悪事の上に財を築いてきた、いずれは、裁かれるべき悪人たちが見つけられる」

「六助は立ち寄る先の長屋のおかみさんに、ろうかんの簪《かんざし》と根付けの自慢話をしていたそうです」

「して、簪は六助の家にあったのか？」

「いえ。探し尽くしましたが、あったのはこの根付けだけです」

「押し込みは、たとえ、二十年、三十年前の悪事であっても、下手人が捕らえられれば、打ち首と決まっておる。それだけに、仲間うちの裏切りは命取りだ。季蔵、そちが盗っ人の首領だったとして、仲間に裏切らせないようにするとしたら、どのような案を考える？」

「正反対の案が二つ。一つは金やお宝を分けた後、二度と会わぬと約束すること。もう一つは秘密を持ち、分かち合う仲間として、切っても切れぬ縁を保ち続けること――」

「おそらく、奴らは当初、二度と会わぬ、偶然、会っても知らぬ同士で通そうと決めたはずだ。だが、まっとうに生きられなかった六助はこれを守れなかった。結局、仲間たちへの強請りでしか、日々の糧は得られないと、自堕落で無力な己を悟っていた六助は、最後まで、ろうかんの簪と根付けを手放さなかった。これらが、まごうことない悪事の証《あかし》だったからだ。そして、これを引き合いに出し、小遣いを無心しようとして結果、やぶ蛇になった」

「仲間たちは悪事の証のろうかんの簪と根付けを取り戻し、封印しようとしたのですね。そのために、六助に取引しようと持ちかけて呼び出し、簪と根付けを渡させた後、殺してしまえば、何もかもうまくおさまると考えたのでしょう」

――大事な取引だったので、六助は酒を飲んでいなかったのだな――

「しかし、小狡《こずる》い六助は簪だけ渡して、根付けは渡さなかった。今頃、仲間の奴らはさぞかし、あわてていることだろう」

――六助が根付けを持ってこなかったことは、殺した後、わかったはずだ。なのに、なぜ――

「仲間たちは六助の家を知っていたはずです。自分たちが世話をしたところですからね。どうして、すぐにそこへ駆けつけて、家捜ししなかったのかと不思議です」

「財を築いた仲間たちは、自分たちの後ろ暗い過去を封じるために、唯《ただ》の一人も、人を雇っていないのだろう」

「すると、深夜、約束の場所へ出かけて行き、六助を直接、手にかけたのですね」

「わしが仲間《や》でもそうする。頼まれれば、金で人を殺《あや》める稼業もこの江戸にもあるだろうが、他人に殺らせたのでは、またぞろ、そ奴に強請られないとも限らない。老いた身を奮い立たせて、殺《や》り果《おお》せたものと思われる」

――たいした執念だ――

季蔵は全身が総毛だった。

――人というのは、一度得た己の財をここまでして、守り抜こうとするものなのか――

「しかし、問題は、これがどの事件と関《かか》わっているのか、見当がつかぬことだ」

再び、烏谷はろうかんの根付けを見つめた。

「ろうかんの根付けが盗まれたという記録は多くはないが、この十年間でも二十件はある。これだけでは的を絞れない」

「松次《まつじ》親分にお訊《たず》ねしてはと思うのですが」

季蔵はふと、三十年前のやまと屋の皆殺しを思い出していた。

――尊月寺の金の観音像に次いで、ろうかんの根付け。まさかとは思うが――

「ああ、あの市中生き字引の松次なら、何か、思い出してくれるかもしれない」

頷《うなず》いた烏谷は、

「それでは、これをそちに返しておこう」

根付けを返して寄越した。

この後、烏谷は、

「茶にしてくれ。濃く水出しした煎茶《せんちゃ》を」

お涼《りょう》に甘えるように命じると、

「鮨《すし》と名のつくものには目がなくてな」

無邪気な子どもの目になって、イナとイタドリの鮨をほおばり始めた。

「これはイタドリだろう。野草は揚げ物が一番で、お浸しが二番と思い込んでいたが、鮨に合わせるとはな。イタドリに限っては、鮨が一番と変える」

上機嫌の烏谷だったが、

「今日のイナ料理はよいが、一言言わせてもらうと、イナの塩焼きはイナに気の毒だ。あればかりは、鯛《たい》は言うに及ばず、鯖や鯵《あじ》、鰯が相手でも負けてしまう。なぜか、イナの塩焼きは、味も素っ気もなく、美味くない。塩梅屋《あんばいや》の納涼会へ足を向けることのできぬわしに、そちが情けを持つなら、これぞという、イナの焼き物を食わせてくれても、罰《ばち》は当たるまい」

勝手な注文をつけた。

二

「明後日《あさって》がもう、納涼会よ」

おき玖《く》が案じた。

「イナ尽くしってことになると、あと焼き物と汁を決めなければ――」

「汁は止《や》めて、冷茶《すず》にしました」

季蔵は冷茶を啜りながら、鮨をほおばっていた烏谷の笑顔が忘れられなかった。

「〆は鮨なので、茶の方が合います」

「なるほどね。でも、焼き物の方はそういうわけには――」

「お嬢さん、イナの塩焼きは美味くないものでしょうか？」

「まあ、大味であっさりしているわね。鮎《あゆ》ほどいい香りはしないし。でも――」

「安いことは安い」

三吉が口を挟んだ。

「取り柄はあるよ」

「うちは料理屋だ。たとえ、安いイナの焼き物とはいえ、美味くなければならない。安いからというだけで、塩焼きをお出しすることはできない」

季蔵はぴしりと言った。

「ないんでしょうか、イナを使った美味《おい》しい焼き物――」

おき玖が途方に暮れている。

「うちじゃ、ここんとこ、焼きイナばっかしだけど、おっかあが一工夫して――」

三吉は恐る恐る口を開いた。

「言ってみろ」

苦笑して、季蔵が促すと、

「おっかあは、イナのワタを取った腹にね、潰《つぶ》して練った梅干しと細かく刻んだ大葉を詰めて焼いてる」

「練り梅干しに大葉――悪かないけど、それ、和《あ》え物で刺身のイナに使ってる味だわ」

おき玖が指摘し、

「それで、そのイナの梅、大葉焼きはどんな味だ?」

季蔵が訊《き》いた。

「大葉はおおかた焦げてて、梅の味はあんましねえ。でも、ちょこっとだけは、匂《にお》いも味も残ってるよ」

三吉は神妙に答えると、

「練り梅干しと大葉を詰めたイナは、焼きには向いていない。これは粉をまぶして、大鍋で揚げると、腹の中身が染みて外へ逃げず、なかなかの味に仕上がる」

季蔵は戒める口調で言った。

「お腹《なか》を開いて、ワタを取りだした後は、どんなものを詰めても、焼きには向かないってこと?」

おき玖の言葉に頷いた季蔵は、

「そうは言っても、これをやらないと、塩焼きか、糠漬《ぬかづ》け、粕漬《かすづ》け、醤油漬《しょうゆづ》けなどの漬けイナしかできません。実は古本屋を回って、尾張に伝わる、美味しい焼きイナの料理を見つけたことは、見つけたのですが――」

「何という料理?」

「イナ饅頭《まんじゅう》」

「饅頭？　それなら、イナの身を叩《たた》いて、丸くまとめて、油で揚げて――あら、これじゃ、焼き物にならないわ」

おき玖は首をかしげた。

「イナ饅頭は鰓《えら》から包丁を入れて、ワタや背骨を取り除いたあとに、詰め物をして焼き上げる料理なのです」

「たしかにそうすれば、詰め物が流れたり、焦げたりしないわね。旨味《うまみ》がぎっしりそのまま。詰め物がお饅頭の餡《あん》のようだというので、料理の名がイナ饅頭なのね」

おき玖は納得した。

「これにもう、決まりじゃないの」

「ところが、これには、専用の包丁がいるのです」

「まあ、たしかに、普通の包丁では、鰓からワタを引き出したり、背骨をこそげとったりはできないわね」

「イナ包丁というのだそうで、かなりの数の包丁鍛冶《かじ》を当たってみたのですが、どこにも置いてはいませんでした」

季蔵は肩を落とした。

「それで、どうしたものかと、思いあぐねていたのです」

「あたしたちに相談してくれればいいのに。江戸はこれだけ広いんですもの。草の根を分けても探し出してみせるわ。いざとなれば、尾張様の御屋敷の足軽長屋に掛け合って

――」

ねえとおき玖は三吉に相づちをもとめた。

「でも、イナ包丁なんて、おいら、生まれてこのかた、聞いたことねえよ」

おどおどと三吉は目を伏せた。

「たとい、足軽長屋でも、刀持ってる侍のとこへ頼みに行くのは、おいら、嫌だ。侍は怖《こえ》えもんだと、おっとうもおっかあも、死んだ婆さまだって言ってた」

「尾張様は物の例《たと》えよ。あたしが言いたいのは、皆で力を合わせれば、イナ包丁の一丁や二丁、見つけられるってこと」

ぐいと押しつけるようにおき玖は言い切った。

「今回のことじゃ、豪助《ごうすけ》さんは身内みたいなもんだから、豪助さんにも頼まなくては――」

こうして、おき玖とその剣幕に圧倒された豪助、三吉が、季蔵のイナ包丁探しに加わった。

物事は吉事も凶事も、共に、重なることが多いというが本当で、季蔵が久松町の損料屋で見つけたイナ包丁を借り受けた日、豪助は猪牙舟《ちょきぶね》に乗り合わせた質屋から、いい値で買い受けてしまった。

「日が迫ってたんだ、仕様がねえだろ」

豪助は包丁というよりも、幅広で長めの鑿《のみ》のように見えるイナ包丁に、ふて腐れた一瞥《いちべつ》をくれた。

「ったく、こんなもんが一分《ぶ》だなんて、信じらんねえ、有り金全部だった」

「借りた物は返さなければならないが、買ったものなら、ここで末永く使える」

季蔵はそう言うと、おき玖に頼んで代金を豪助に渡した。

イナ饅頭作りが始められた。

よく洗い、鱗《うろこ》を取ったイナの下処理をする。

「これは大変だ」

鰓から使い慣れない包丁を通して、ワタを取り、背骨まで取り除くのは根気が要る。それでも、二尾、三尾と続けて五尾ほどこなすと、こつがつかめてくる。

「手伝うぜ。こうなりゃ、イナ包丁が二丁あってよかったかもしんねえ」

豪助が助っ人を申し出たが、鰓から先に包丁が進まずに、

「こりゃあ、駄目だ」

音を上げて、

「じゃあ、おいらが」

意外に三吉は上手だった。

「魚の背骨って、大きかったり、細かったり、形の同じもんは一つもねえんですね」

などと言った。

こうして下処理が済んだところで、中身が作られる。中身は甘味噌《みそ》の八丁味噌に、戻し

た干し椎茸《しいたけ》と葱《ねぎ》、人参《にんじん》のみじん切り、麻《あさ》の実を加えて練ったものである。これを鰓からたっぷりと腹に詰める。

抜いた骨の代わりに、詰め物がされたイナは、ぷくぷくとよく肥えて、尾頭付きの美味しそうな饅頭に見えた。

「これに焦げ目が付くんだから、焼き饅頭ですよね」

三吉はごくっと唾《つば》を呑《の》み込んだ。

「それ、どうするの?」

おき玖は俎板《まないた》の上に乗っている、幾つもの算盤《そろばん》の玉のような、イナの胃腑《いのふ》をちらりと見た。味噌と葱などを混ぜた鉢には、まだ、その残りがある。

「ヘソも切ってしまいます」

季蔵は素早く、いつもの包丁で切り刻むと、鉢の味噌に混ぜ込み、腹の膨れたイナの鰓の中に押し込んだ。

「こうすると、ここだけ、乙な味が楽しめるのですよ」

「何より、酒に合うヘソまで、饅頭から出てくるとは凄《すご》い。最高だ」

感心した豪助は、焼き上がってきたイナ饅頭に箸《はし》をつけると、ほーっとため息をついて、

「あらいもイタドリと合わせた鮨も美味いが、やっぱし、極めつけはこのイナ饅頭だ。これ以上のもんはねえな。よし、納涼会の当日は、船頭は休ましてもらって、明け方から、じゃんじゃん、イナを釣り上げるぞ。三吉、手伝えよ。イナ饅頭ばかりは、一人一尾つけ

ねえと、格好がつかねえだろうから」

大いに張り切った。

この日、季蔵は焼き上がったイナ饅頭を松次に届けた。

「こりゃあ、また、手の混んだ御馳走《ごちそう》だ」

松次は大喜びして箸を取り、あっという間に平らげた。

「こういうもんなら、もう一尾、二尾入るぜ」

——やっと、いつもの松次さんらしくなってきた——

松次は足を以前ほど、引き摺《ず》らなくなっている。

「医者はもう一息だとさ」

季蔵は、茶を用意して、松次が食べ終わるのを待った。

「実は聞いていただきたいこと、見ていただきたい物があるのです」

紙屑拾いながら、そこそこ立派な一軒家に住んでいた六助が殺された話をして、

「見ていただきたいのはこれです」

ろうかんの根付けを出した。

「それは——」

松次は顔色を変えた。

根付けを手にした松次は、金壺眼《かなつぼまなこ》を大きく瞠《みは》って、しばらく、まじまじと見つめていた。

「これは、三十年前、やまと屋から盗まれた代物《しろもの》んだ。間違《まちげ》えねえ。ここを見てみろ」

根付けの牛の頭部を指差した。

「牛が人みてえに、金で細工した菅笠《すげがさ》を被《かぶ》っている。西国の村では牛神ってえのを祀《まつ》るとこがあって、そこから江戸へ出てきたやまと屋の先祖は、ずっと牛をおろそかにしねえで、いろんなもんに家紋みてえに使ってた。こりゃあ、お美代《みよ》坊のおやじの善助《ぜんすけ》から聞いた。あの当時、善助は必死になって、牛が付いた盗品を探し歩いてた。それが今になって、出てくるとはなあ――」

松次は感無量であった。

季蔵はあまりの意外さに声もなかった。

――尊月寺からの金の観音像に次いで、三十年前の盗品が出てきた。これは、もしやすると、松枝町の質屋宝草《たからぐさ》の手代《てだい》が、蔵で見たという、行李《こうり》の中の血の付いた晴れ着も幻ではなかったのかもしれない――

早速、この夜、また、南茅場町へ出向いて、この事実とやまと屋絡みの話を告げた。

紙屑拾いの六助と、三十年前のやまと屋の盗品が関わっているとは、松次に確認するまで想像に過ぎず、季蔵はやまと屋の件をまだ何も、烏谷に話してはいなかったのである。

「すると、尊月寺の孝興《こうこう》、質屋宝草の矢吉《やきち》、紙屑拾いの六助は、やまと屋を襲って皆殺しにした、冷血無比の押し込み一味だったことになるな。尊月寺で三十年前の盗品が出た話は聞いていたが、質屋の蔵に眠っていた晴れ着の話は初耳だ」

地獄耳を自負している烏谷はやや不機嫌になった。

「あったという場所に晴れ着はもう無く、あれは手代が見た幻だったかもしれなかったのです」

「しかし、今となってみれば、幻ではなかったと見た方がよい。矢吉を殺した相手がかつての仲間なら、殺され方の辻褄《つじつま》が合う。人目を憚《はばか》って会わねばならぬのだろうが、まず用心はするまい。蔵に招き入れて、あっさり殺されてしまってもおかしくない。悪人どもは仲間うちで争いをはじめたのだ。三十年の歳月を経て、財をなし子や孫をなそうとも、犯した罪は決して消えぬ。罪とは恐ろしいものだ。今になってのこのような仲間うちの争いも、罪の重さゆえの因果であろう」

烏谷は呟《つぶや》き、

「この時季のことだ。酷く殺されたやまと屋の者たちが、草葉の陰から恨みを晴らそうとしているやもしれぬ」

「その気持ち、わからないでもありません」

季蔵の言葉に、

「そうだな」

真顔で頷いた。

〝お化け長屋〟と〝イナお化け〟による納涼会は前回を凌《しの》ぐ盛況に終わった。

「いいね。玉輔《たますけ》の陽気なお化けは」

「今日日《きょうび》、陰気なお化けは願い下げだ」

「噺《おり》だもの、怪談といったって笑えねえとなあ」

「俺ゃあ、もう、腹の皮がよじれるほど笑ったぜ。玉輔のあの入道ぶりと来たら――。あの男前の目玉がひっくり反《かえ》って、気味こそ悪くはねえが、何ともおかしな顔でさ、ふふふ、思い出しても、また、笑えてくる」

「俺もだぜ。笑う門には福来たるだ。結構じゃねえか。今日はいい福をたんともらったぜ」

店は客たちの笑顔で溢《あふ》れた。

料理はといえば、何と言っても、人気はあらいとイナ饅頭で、

「イナ饅と呼んで、品書きに載せちゃ、どうだい？　あらいと一緒にさ」

喜平《きへい》は熱心に勧めてくれたが、

「考えてはみますが、品書きに載せるのだけは、ちょっと、ご勘弁ください」

イナ包丁を使うイナ饅頭の仕込みに、骨が折れるのはともかくとして、日々、活《い》き〆にしたイナを調達するのは大変であった。

〝お化け長屋〟でやんやの喝采《かっさい》を浴びた元　松風亭玉輔《しょうふうてい》こと、長崎屋五平《ながさきやごへい》が、塩梅屋を訪れたのは、その翌日の昼すぎのことであった。

「これはまた、お早いお越しですね」

――いつもは、こちらが案じる頃になっておいでなのだが、どうしたのだろう――

「実はもう、演《や》りたい演目を決めているので、お伝えに参ったのです」

「それは何よりです」

「どうぞ、一服」

おき玖が冷茶を運んできた。

「演目の話をする前に、わたしの気持ちを聞いていただけませんか」

「お聞かせください」

「はい、もちろん」

季蔵とおき玖は神妙に五平の言葉を待った。

「わたしは長崎屋の跡継ぎに生まれました。生まれついた時から、末は長崎屋の主《あるじ》になると決められていたのです。つまり、誰しもが羨《うらや》む大店《おおだな》の若旦那への道が開けていました。ところが、わたしは嫌で嫌でならず、噺に惹《ひ》かれた時は、自分が嫌いなのは廻船《かいせん》問屋というこの家業なのだと気がつきました。それからは噺一筋。父親に勘当されようとも、石に齧《かじ》り付いても噺家になろうと、ただただ、修業に励みました」

「ご苦労なさいましたよね」

おき玖が相づちを打った。

「わたしが子どもの頃から肌で感じてきたのは唯一、商人の世界。噺家や芸人の生きざまとは隔たりがありました。とかく商人は心配症で石橋を叩いて渡ります。大風や大雨、不景気、子や孫のことまで考え、とにかく節約、節約で日々貯え、大盤振る舞いは正月などのハレの日だけです」

「商家はどんな大店でも、それがあたりまえでしょう」

「一方、芸人たちはといえば、何より大事なのが芸で、そのためには、何をどう費《つい》やしても惜しくないんです。わたしは新しい噺に打ち込んでいる師匠や、真打《しんう》ちになる前の兄《あに》さんたちが、修業に精進しつつ、芸の肥やしと言って、途方もない遊興に散財を繰り返すのを身近で見てきました。店賃《たなちん》は言うに及ばず、明日の蕎麦《そば》代まで岡場所《おかばしょ》で使い果たしてしまう始末です。それはもう、わたしには別世界でした」

「別世界とは面白い表現ですね」

季蔵は口を挟んだ。

「こんな違和感は、わたしが商人の家に育ったから感じるのだと思っていたのですが、ある日、そうではないとわかりました。両親とも芸人で、行き倒れ同然に死んだという朋輩《ほうばい》が、裕福な商家に貰《もら》われて、跡を継がされそうになり、養家から家出して、この道に戻ったと話してくれた時です。その朋輩は、堅実できちきちと細かい商人の世界は、まさに別世界で馴染《なじ》めるものではなかったと言ったのです」

「人には、誰しも別世界があるということですね」

——わたしにも、以前はここが、別世界だったろう。今では、武士だった前の暮らしが別世界に思える——

五平は先を続けた。

「わたしのように、別世界にそこそこ、上手く溶け込めればいいのですが、朋輩は商人の養家での辛《つら》さを、日々、あれこれと叱《しか》られるのは、針の筵《むしろ》に座らされ、見世物《みせもの》にされているようだった。店の者たちが人ではなく、怪しげな物《もの》の怪《け》のようにさえ見えて、びくびくと、始終、肝を冷やしていたと言っていました。人によっては、別世界とは恐ろしいものでもあるんですね」

「玉輔さんのなさりたい噺、〝一眼国《いちがんこく》〟なんじゃありません？」

おき玖が言い当てた。

「あれは、一つ目小僧に遭って、一つ目の国、別世界に連れて行かれる六十六部の噺ですもん」

鉦《かね》を叩き厨子《ずし》を背負って家々を回り、銭を貰ってはその日の暮らしを立てながら、諸国を巡礼しつつ、経文を寺に納めるのが、六十六部と呼ばれている者の仕事であった。

「当たりです」

五平は頰《ほお》を紅潮させた。

「わたし自身の想いを噺に託するなぞ、大それているとは思いますが」

「なるほど」

頷いた季蔵は、

「それでは、まず、〃一眼国〃を噺してください」

「わかりました」

五平は松風亭玉輔となって噺し始めた。

珍しい話を聞きだして、見世物小屋で披露、大儲《おおもう》けをしようという香具師《やし》（見世物小屋の興行師）が、巡礼中の六十六部を家に招く。

六十六部は一つ目に会った話をする。江戸から北へ百里ほど行った野原で、野宿覚悟で人家を探していた折、一本の榎《えのき》の前を通りすぎようとすると、〃ゴォーンという寺の鐘と共に、生暖かい風が吹いてきて、おじさん、おじさん〃、子どもの声がして、振り返るとその男の子は一つ目、額のところに目があるだけで、後はのっぺらぼうであったという。

ぞーっとして後ろも見ずに六十六部は逃げ帰ったが、欲深い香具師は、これを見世物に出せば大人気で大儲け間違いなしと皮算用、何とかして、この一つ目を捕まえてやろうと意気込む。

そこで、六十六部が訪れたという野原へ出かけ、榎の前に佇《たたず》むと、やはり、また、〃おじさん、おじさん〃、一つ目の男の子が出てくるが、〃こっちへおいで〃と言って、香具師がその子を捕らえて脇に抱えたとたん、〃キャーッ〃と叫ばれてしまう。

すると、どこからともなく、大勢の人が押し寄せてきて、香具師はあっさり捕まえられ、代官所へと引き立てられる。

ここでは居並ぶ役人も一つ目、香具師を捕まえた男たちも一つ目である。ここでは人は皆、一つ目なので、二つ目の香具師は珍種扱い、役人が〝調べは後回しだ。早速に見世物に出せ〟とサゲて終わる。

四

「一つ目と二つ目がそれぞれ、お互いを物の怪《もののけ》扱いして、怖がるのが愉快だけれど――」

五平を見送ったおき玖はため息をついた。

「でも、この噺からどうやったら、料理が思いつけるのかしら？」

「たしかにそうですね」

――これは料理と合わせるのが難しい演目だ――

「香具師が六十六部を家に招くでしょう。だとすると、その時のもてなし料理かしらね。経文を届ける六十六部だから精進料理？」

「精進料理は盂蘭盆会《うらぼんえ》にきっと、皆さん、召し上がるでしょうし、あのおごそかな趣《おもむき》と味わいは、笑いには合いません」

「そうは言っても、それ以外に食べ物が出てきて、おかしくない場面なんてないわよ」

「まだ、間はあります。少し、じっくりと考えてみたいと思います」

――大丈夫かしら――

なおも、おき玖は気になったが、

――ああら、嫌だ。あたしったら、世話焼き女房みたい。世話は焼きすぎると、女房だって嫌われるっていうから、気をつけなくては――

しばらく、この件は忘れていることにした。

仕込みを始めていると、南茅場町のお涼から活き〆のイナ五尾と、烏谷からの文が届いた。

「今夜、お奉行がイナ饅頭を召し上がりにおいでになるそうです」

文には先の納涼会で塩梅屋が出した、新名物のイナ饅頭を、どうしても、食してみたいと書いてあった。

「そうだわ、お届けするのをすっかり忘れていた。それにしても、烏谷様はどこで、イナ饅頭のことを聞いたのかしら？」

「お奉行は地獄耳がご自慢ですから」

早速、支度にかかって、暮れ六ッ（午後六時頃）の鐘が鳴ると、

「ご免」

烏谷が勢いよく油障子を開け放った。

離れへ通して、イナ饅頭と冷や酒を振る舞うと、

「こんな美味いものがあったとは――」

一言洩《も》らして、忙《せわ》しく箸を動かし続けた。

「何か、わたしにご用がおありになるのでは？」

「よくわかったな」

五尾ものイナ饅頭を平らげた鳥谷は、箸を楊枝《ようじ》に替えていた。

「イナ饅頭だけが目当てで、時節柄、お忙しいお奉行がここへおいでになるとは思えませんから」

「でも、イナ饅頭を届けてくれなんだことは、多少、恨みに思っていたぞ」

「これは相済《あいす》みません。なにぶん、人気がありまして、気がついた時は、一尾たりとも残っておりませんでした」

「それはもうよい。許してやる。その代わり、つきあってもらいたいところがあるのだ」

鳥谷は楊枝を咥えたまま立ち上がった。

――どこへ連れて行こうというのだろう――

季蔵は店の三吉とおき玖に、

「珍しく、お奉行が深く酔われた。お送りしてくる」

と告げて塩梅屋を出た。

ねっとりした暑さが身体を覆う。夏の闇《やみ》は絡みつくように深かった。

「どこへ行くのかと不安ではないのか」

「お奉行を信じております」

「行き先は東湊《ひがしみなと》町の米問屋庄内屋《しょうないや》だ」

「そこで何か？」

「今朝、隠居の清兵衛《せいべえ》が死んだ。五十の坂を五つほど上った年配だった」

「殺されて？」

「卒中だろうと医者は言ったそうだ。家の者もそのように信じている。すでに、病死と届けられている」

「ならば、何用でお奉行は足を向けられているのです」

「気になって、殺された尊月寺の孝輿、質屋の矢吉、紙屑拾いの六助の素姓を調べてみた。この者たちはいずれも、奥州の生まれだった」

「庄内屋というからには、この店の先祖も奥州の出ですね」

「江戸で屈指の庄内屋は、先代の清兵衛が一代で築き上げたものだ」

「お奉行は清兵衛が、やまと屋皆殺しの仲間だったとお思いなのですね」

「清兵衛はつきあいも、めんどう見もいい男だったが、なぜか、財を築く前の話は、決してしようとはせず、無理やり、訊こうとすると、〝若い時はまあ、いろいろ〟などと言って笑って誤魔化《ごまか》すのが常だったが、こめかみに青筋を立てていて、その目は笑っていなかったと、同業者は言っている。わしも一度だけ、清兵衛に会ったことがある。物腰は柔らかく、人当たりはいいものの、たしかに腹の知れない男だった」

「競争相手の中傷かもわかりません」

「ともあれ、わしは気になっていることを、そのままにできぬ性分だ。ただの病死かどうか、見極めてほしい」

「見極めると言っても、わたしは医者ではありませんし、第一、医者は卒中と言っているのでしょう？」

「トリカブトなど卒中を引き起こすものは、この世に幾らでもある。人が殺められた証は、こちらが見逃しさえしなければ、きっと、見つけられるとわしは信じている。死者の無念に導かれて、見つけさせられるのだ」

烏谷の言葉がずしりと響いて、

「わかりました」

季蔵は従った。

烏谷は裏にまわった。

「家族には、通夜、葬式は遠慮するが、知った縁なので、今宵《こよい》のうちに、骸《むくろ》に手だけは合わせたいと伝えてある」

すでに裏木戸は開いていて、清兵衛の息子、清太郎《せいたろう》が大番頭《ばんとう》と並んで立っている。

「わざわざ、お奉行《こうべ》様にまでおいでいただいて、父は幸せ者でございます」

二人は深々と頭を垂れた。

「そちら様は？」

「これなる者は、清兵衛が生前、贔屓《ひいき》にしていた船宿の主だ。どうしてもときかないので連れて参った」

「季八《きはち》と申します」

季蔵は咄嗟《とっさ》の名を口にした。

「それではこちらへ」

案内された離れの部屋には線香が焚《た》かれ、清兵衛の骸が横たえられていた。庭からは鹿威《ししおど》しのぽーんと跳ね上がる音が、時折、聞こえてくる。

「しばらく、我らだけで別れを」

烏谷が言うと、

「それでは」

清太郎は何も言わずに下がった。

季蔵は死者を見つめた。どんな時にも感情を表に出さず、顔は緩めても、目は笑っていなかったという清兵衛の生前を、季蔵は想い描くことができなかった。そこには、ただ苦悶《くもん》の表情だけが顕著に、険しく、刻まれている。

「たいそう、苦しまれたことはわかりますが、これだけでは何も――」

ふと、手の爪《つめ》に目が吸い寄せられた。薄桃色に染まっている。

――何だろう、これは――

烏谷も気づいて、

「粉のようだが」

立ち上がると、

「清兵衛が死んだ時の様子を、くわしく話させることにしよう」

部屋に入ってきた清太郎は、

「父は養生に精を出しておりまして、とりわけ、食べられなくては人はお終《しま》いだと申し、口中の摂生に熱心でした。毎朝夕、房《ふさ》楊枝で歯を清めるのが常だったのです。今日も房楊枝を使っていて、突然、倒れたのです」

「お父様は歯磨き粉をお使いでしたね」

季蔵は再び死者の爪の間を見た。

「このところは、香りも色も気に入って、房州砂に麝香《じゃこう》と薄荷《はっか》、丁子《ちょうじ》を混ぜた薄桃色のものを使っていました」

「どちらでもとめられていたか、わかりますか？」

「さあ、口中医のところでは？　いや、可愛《かわい》い楊枝売りの娘が居る、篠田神社の境内かもしれません。そこの看板娘は、滅多に会えない、相模《さがみ》に嫁いだ姉の長女によく似ているのだそうです。うちには女の子がおりませんので、孫の女の子はとりわけ、可愛かったのでございましょう。ともあれ、隠居後の父は、市中をぶらぶらと気儘《きまま》に歩き回るのが何よりの愉しみのようでした」

「口中医はどなたですか？」

「米沢町の松野長安《まつのちょうあん》先生です」

「聞かぬ名だな。それにちと遠い」

烏谷はぎょろりと目を剝《む》いた。

「松野先生もご隠居で、すでに、ほかの方の治療はなさっておられません。ですから、父は将棋の方が主な目的で通っていたのです。趣味の多い父は茶菓など共に頂きながら、将棋を差したり、川柳をひねったり、美味いものを食べ歩く計画を立てるのが好きでした。そんな時の父は、それはそれは楽しそうにしていたと、供をした手代が申しておりました」

「この前、その口中医の許《もと》に行ったのはいつのことです？」

「三日ほど前でした。歯磨き粉が切れかかっていて、珍しく、父が身の回りの世話をする小女《こおんな》を叱《しか》ったと聞きました」

――すると、やはり――

――米沢町の松野長安ですね――

季蔵と烏谷は目と目で頷き合った。

この後、烏谷は、

「実はわれらと清兵衛は川柳の縁、市井に集《つど》う友でな」

などと突然、言い出し、

「それゆえ、一つ、形見など分けてもらいたい」

図々しくも言い放って、清太郎に父親の部屋の箪笥を開けさせた。

季蔵が目で促すと、

「これは珍しい、是非、これを」

烏谷は拳《こぶし》ほども大きい水晶の文鎮を手にした。

文鎮は牛の姿の彫り物で、ごろりと横たわる身体の中は透明であるばかりでなく、無数の金の針を際立たせていた。

五

「まだまだ、川柳をひねり合いたかったぞ」

「心からお父様のご冥福《めいふく》をお祈り申し上げます」

烏谷と季蔵は清太郎に挨拶《あいさつ》を終えた。

庄内屋を出た烏谷は、伏していた目を見開き、がらりと厳しい表情になって、

「これはゆゆしきことだ」

切迫した口調で言い、後は黙って、大股《おおまた》に帰路を急いだ。

塩梅屋に戻ると、離れで向かい合って座っている季蔵に、

「清兵衛は病死ではなく、歯磨き粉に仕込まれた毒に殺されたのだ。牛の文鎮を隠し持っていた清兵衛が、やまと屋を襲った押し込みの一味であったことは明白。病死であれば、仲間を殺したのは清兵衛で、この一件はこれで終いにもなったのだろうが、清兵衛まで殺されたのだとすると、押し込みの賊はまだ他にいることになる。そ奴らは、この先、何を

また、企《たくら》むかもしれぬ。これは早急に突き止めて、化けの皮を剝《は》がねばなるまい。早速、見つけ出せ」

低い声で命じた。

翌朝、季蔵は篠田神社と、米沢町の口中医松野長安を訪ねた。境内で楊枝を売っていた綺麗《きれい》な娘は、

「うちは楊枝しか、お売りしていないんです」

おっとりと伏し目がちに首をかしげた。

松野長安は、隠居所に招き入れ、

「清兵衛さんが、わたしのところから、もとめて行かれるのはこれだけですよ」

磨《す》り潰して、二枚貝に詰めたハコベを見せてくれた。

「あの人も寄る年波に逆らえず、歯茎が弱ってきていて、歯草《はくさ》になって歯抜けにならぬためには、これがいいとわたしが勧めたのです」

ちなみに歯草とは歯周病のことである。

「房州砂や麝香などが使われている歯磨き粉は？　こんなものもあると、お見せになったことぐらいはおありでは？」

すると、長安は憤然として、

「あれは口中の手入れの際、心地よいだけのもので、効き目はないので、わたしは勧めておりませんし、わたし自身、使ってもおらず、もちろん、ここに置いてもおりません」

長安はきっぱりと言い切った。

――これでは、清兵衛を殺した歯磨き粉の出所がわからない。行き詰まってしまった――

前に進めなくなっているのは、この件ばかりではなかった。

いつもより、遅く、塩梅屋の油障子を開けると、

「あら、行き違いになったのね」

おき玖が待ち受けていた。

「今さっきまで、玉輔さん、いえ長崎屋さんがおいでになったのよ。〝一眼国〟の噺に寄り添う料理について、訊いておきたいって」

「常より、早く、催促においでですね」

季蔵は苦笑した。

「噺からでは、料理が難しいって、わかってるんだと思うわ」

「たしかにそうですね」

「大丈夫なの？」

――いけない、あたしとしたことが、また、世話女房気取りだわ――

「〝一眼国〟は奇想天外な噺ですから、噺の場面から料理を思いつくのは、まず、無理だと思っていました」

「それじゃ、どうやったら、思いつけるの？」

「場面からではなく、内容からなら、いかようにも思いつけそうです」

おき玖は焦《じ》れた。

「内容っていうと、別世界のこと？」

「あの別世界は、自分たちが見聞きしていることがすべてで、見たことも聞いたこともないものは、見世物にしたくなるほど珍しく、変だ、おかしい、相容《あいい》れないってことでしょう？　そんな人の思い込みを、〝一眼国〟では、二つ目、一つ目に託して、一つ目の国では、二つ目が見世物なのだと笑い飛ばしています。これは怖さの混じった笑いですが、怖さと笑いを味に替え、料理に転じてみても面白いのではないかと――」

ここまでは、季蔵が五平から〝一眼国〟の噺を聴いて以来、漠然と考えていたことだった。

「味は馴染みか思い込みよ」

おき玖はすぱっと言ってのけた。

「出汁一つにしても、江戸と上方《かみがた》はまるで違うでしょ」

水の違いのせいで、江戸は鰹《かつお》だし、上方は昆布だしが主流であった。

「江戸っ子は、鰹でとった濃い味のつゆで啜《すす》る蕎麦が大好きだけれど、上方じゃ、昆布だしのきいたうどん――。あたし、上方から来た人が、蕎麦屋でお金は幾らでも払うから、どうしても、うどんを打ってくれって、粘ってるのを見かけたことがある。へええって思ったわ。そこまでして、馴染みの味に拘《こだわ》るなんて、まるで、違う世界の人みたいだった。

江戸っ子が上方へ行って、うどん屋で同じことをしたら、きっと、向こうは、別世界の人だって思って、周りの人たち、じろじろ見るんでしょうね」

「そうだ、そこです」

季蔵は手を打ち、

「ありがとうございます」

深々と頭を下げた。

「これで、やっと、〝一眼国〟にふさわしい料理が思いつきました」

「えっ、こんなことで？」

おき玖が当惑していると、

「それ、何っていう料理なんです？」

居合わせた三吉が恐る恐る訊いた。

「やっぱし、一眼国ってえのが、前に付くんでしょうね。おいら、一つ目はご免だが――」

「怖いのは我慢してもらわないと困る。一眼国豆腐。豆腐料理の真髄を味わってもらおうと思うが、どちらも、江戸と上方、各々《おのおの》自慢の豆腐を使う」

こうして、納涼会の〆となる四回目の料理が決められた。

「江戸の豆腐は木綿《もめん》豆腐を使った田楽《でんがく》、上方の豆腐は冷やうどん豆腐にする」

季蔵は文を渡して、三吉を知り合いの豆腐屋へ走らせた。

って拵《こしら》えてもらってくれ」


「今のより固い、権現様の頃からあった豆腐と、上方風の絹ごし豆腐を各々、拵《こしら》えても
ってくれ」

「たしかに、年を追うごとに、だんだん、木綿豆腐は柔らかくなってきてて、これは、江戸と上方のいいとこ取り豆腐だなんて、おとっつぁん、よく言ってたわ」

作られて出回った頃は、水っぽいと人気のなかった上方の絹ごし豆腐が、昨今、以前ほど嫌われなくなっていて、ぱさついて固かった従来の木綿豆腐も、つるりとした舌触りに変わってきていた。

「冷や奴や湯豆腐、味噌汁などで、手軽に食べるには、いつも売りに来る豆腐で充分ですが、真髄を究めたものとなるとこれでは中途半端です」

季蔵からの文を見たその豆腐屋は、意気に感じて、田楽のための古来からある木綿豆腐、うどんに見立てて料理することのできる絹ごし豆腐を作って届けてくれた。

「田楽は今の時季に合った、塩梅屋ならではのものを七種作る」

季蔵は紙に田楽の種類と材料を書いた。

田舎《いなか》田楽　田舎味噌、酒
揚げ田楽　田舎味噌、揚げ油
浅茅《あさじ》田楽　梅干し、芥子《けし》の実
海胆《うに》田楽　海胆、酒、卵黄、塩

簑《みの》田楽　田舎味噌　割り胡椒《こしょう》、花がつお
辛子《からし》田楽　田舎味噌、唐辛子、胡麻油
鶏卵田楽　卵、梅風味の煎り酒、酢、おろし山葵《わさび》、芥子の実

「数は多いが、作り方はどれも仕上げ以外は似ていてむずかしくない」

季蔵は田楽用に木綿豆腐の下拵えを始めた。重石《おもし》をして三分の二ほどに水気を抜き、揚げ田楽用を除いて、串《くし》に刺して両面とも軽く炙《あぶ》り、梅風味の煎り酒で下味をつけておく。

田舎味噌とは、どんなところにもある、ありふれた赤味噌のことである。

「田楽といえば酒の肴だ。味噌は濃い味の田舎味噌でないと酒が進まない」

最も手間のかからない田舎田楽は、梅風味の煎り酒で下味をつけた豆腐に、この味噌と酒で艶が出るまで練ったたれを、片面に塗り、焦げ目がつくまで炙る。

揚げ田楽は先に素揚げしてから串を打って、片面に味噌を塗って焦げ目がつくまで焼く。

浅茅田楽は串を打って焼き上がる前に、潰して練った梅を片面に塗り、芥子の実をたっぷりかけて、香ばしさを出すためにもう一度さっと炙る。

海胆田楽の主役は海胆と少量の酒、卵黄、塩を混ぜた口福のたれである。これを両面を焼いた串の豆腐の片面に塗り、乾く程度に炙る。

簑田楽のたれは田舎味噌に胡椒を混ぜたもので、これを片面に塗って焼き、花がつおをたっぷりかける。

辛子田楽は焼く途中で胡麻油を両面に塗り、その後、唐辛子入りの田舎味噌を片面に塗って、焦げ目をつけて仕上げる。

最後の鶏卵田楽は、卵に少量の煎り酒と酢を加えて、串に打って両面を炙った豆腐の片面に塗り、これを何度か繰り返して、卵が焼けてふくれてくれば出来上がり。芥子の実を振り、山葵を載せて飾る。

六

「揚げ田楽のほかは、どれも梅風味の煎り酒で下味をつけて、焦げねえように炙る。つまり、田楽の肝は下焼きなんだな」

三吉は合点して、下味をつけて串に刺した田楽を七輪で炙り始めた。

「その通りだ」

季蔵は笑顔で頷いた。

「魚より簡単に焼ける」

「その分、馬鹿にして目を離していると、すぐに焦げちまうぞ。ほらほら」

「あ、いけねえ」

そんなやりとりがあって、出来上がった田楽七種の味は、

「豪華なのは海胆田楽ね。当たり前だけど美味しい。けれど、料理の妙といえば、断然、梅の味と芥子の実の香ばしさが何ともいえない浅茅田楽だわね」

「お嬢さんは芥子の実がお好きなんですね」

「ええ。三吉は嫌いなの？」

「嫌いじゃあねえけど、どっちかというと、辛《かれ》えのと粒々は苦手なんで。だから、おいら、田舎田楽と揚げ田楽がいいな。こいつらなら、むしゃむしゃ食えそうだ」

「あたしも辛みはあまり――」

「まあ、そう、辛味を嫌いなさんな」

入ってきた豪助が、

「どれが辛いって？」

「これだよ」

季蔵は胡椒のきいた簑田楽、唐辛子の練り混まれている辛子田楽、山葵が載った鶏卵田楽を豪助に渡した。

「俺は辛みが好きだ。夏の辛みは何とも言えねえ」

豪助は三串とも、あっという間に平らげて、

「御馳走さん。夏は辛みも御馳走だよ。暑さでへばっていた身体が、しゃんとしてきた気がする。それに何より、辛みは酒に合うぜ」

おき玖を横目に見た。

「あら、気がつかないでごめんなさい」

おき玖はあわてて、冷や酒を注《つ》いだ湯呑《ゆの》みを豪助の前に置いた。

「田楽は馴染みがあるから、思ってたのとあまり違わなかったけど、冷やうどん豆腐なんて、あたし、見たことも聞いたこともないわ。まるで一つ目の国、一眼国そのものよ」

「〝豆腐百珍〟という、近頃、気になって読んでいた料理本に、ぶっかけうどん豆腐というものがありました。これは、絹ごし豆腐をきしめんのように切り揃《そろ》え、水に放ち、網杓《あみじゃく》子《し》ですくい、鉢に入れて、出汁《だし》を注ぎ、大根おろし、花かつお、小口切りの葱、唐辛子の薬味を添えたものです」

「なかなか、美味しそうね」

「ただし、鉢に入れた豆腐は湯を注いでよく温め、その湯を切り、そこにまた、あつあつの出汁を入れるのではないかと思います。つまり、これは冬の料理なのです。夏ともなると、これではちょっと――。そこで、きしめんのように切った豆腐を、汲《く》み立ての井戸水で冷やしてはどうかと考えました」

「つゆはどうするの？」

「うちの煎り酒で煮付けに使う、味醂《みりん》風味以外のもの、梅風味、鰹風味、昆布風味を倍に薄めて、つゆにしてはと――」

「どれにするかはお客さんたちの好みというわけね」

「そういうことになります」

「これ、ようは素麺《そうめん》みたいな食べ方ね。田楽が菜で冷やうどん豆腐がご飯ね」

「薬味はどうするんです？」

三吉に訊かれた。

「大根は今の時季、辛み大根しかないので止めておく。これは蕎麦には合うが、豆腐には合わない。豆腐に合う花かつおと葱は欠かせないが、菜の田楽に唐辛子や胡椒、山葵を使っているから、飯に当たるこれには、一切、辛味は使わないことにしよう。その方がさらっと腹におさまる」

「田楽から見ると、うどん豆腐は一つ目のお化けで、うどん豆腐から見ると、田楽は二つ目のお化けなのね。なるほど、季蔵さん、うまいこと思いついたもんねえ」

おき玖は感心して笑った。

「今日はこれを、松次親分に届けなきゃ」

三吉がこの田楽と冷やうどん豆腐を松次に届けようと用意していると、松次から文が届いた。

「わたしが行く」

松次は季蔵に話があると言ってきていた。

「お邪魔します」

「あいよ」

呼び出しただけあって、松次は茶の支度をして待っていた。

「茶は飲むかい？」

「それより、先にこれを」

季蔵は重箱を開けた。

冷やうどん豆腐はここで作るつもりで、豆腐と薬味を持参してきていた。

「それじゃ、そいつを貰おうか」

一本、二本――松次は黙々と田楽を口に運んだ。急須《きゅうす》で茶を淹《い》れて、

「田楽には夏でも熱くて濃い煎茶が何よりさ」

「なるほど」

――田楽の濃い味は、煎餅《せんべい》と似ていないこともないな――

飯の代わりの冷やうどん豆腐を作ろうとして、立ちあがりかけた季蔵を、

「そっちの方は後にして、話を聞いてくんな」

松次は止めた。

「わかりました」

季蔵はさらに背筋を伸ばして座り直した。

「また、お美代坊のことなんだがな。すっかり、父親気取りだなんて、笑わないでやってくれ。お美代坊には、松島屋のご隠居っていう、三国一のおとっつぁんが居るんだから、そんなあつかましい気持ちは持ち合わせていねえ」

「わかっています」

「だけど、お美代坊の父親の善助が生きてたら、ここはどうすっかなあって、考えると、

どうにも、こうにも、たまんねえ気がして――」

「何があったんです？」

「ちょっと待っててくんな」

松次は隣りの部屋へと立って行った。後ろ姿はもう、足を痛めた者には見えない。

「これなんだよ」

松次は手にしてきた袱紗《ふくさ》包みを開いた。

――見覚えがある――

袱紗は松島屋のものである。徳兵衛に礼金を差し出されたことがあった。

「お美代がいろいろ世話になったと言われて、五両もの大金、ぽんと出されてもなあ――」

「徳兵衛さんがじきじきに持っておいでになったのですか？」

「いいや、使いの若い手代だった。名はたしか卯吉《うきち》と言った。すぐ突き返しちまえばよかったんだが、お薗《その》が嫁入り先の布団屋が苦しいからと無心してきてたもんで、つい、受けとっちまった。今じゃ、後悔してるよ。これで、お美代坊には何にも言ってやれなくなっちまった」

「どうして、何も言うことができないんです？」

「実は訪ねてきたお美代坊が、やっぱり、養女は釣り合わねえ縁じゃねえかって、俺に相談してきたんだ。俺はお美代坊の幸運を妬《ねた》んだ店の者に虐《いじ》められたんだと、まず、ぴんと来た。こりゃあ、ありがちなことだからね。お美代坊は首を横にした。考えてみりゃあ、あの娘は娘岡っ引きで、滅法、腕も立つ。お店者なぞに虐められる娘とは思えねえ。だとすると、残るは、ご隠居と血のつながった、ほかの兄弟姉妹の嫌がらせだ。ところが、これも違うとお美代坊は言うんだ。悩みは養い父の徳兵衛さんが親身すぎることだった」

「親身すぎると言っても、まさか――」

「女房にしてえなんて言ってるんじゃねえよ。ただ、お美代坊の花嫁姿をこの目で見て死にたいと言ってきかない――」

――〝三年目〟をあれほど思い入れて聴いていた徳兵衛さんだ。お美代さんの花嫁姿で、幸薄かったお内儀《かみ》さんの供養の幕引きをしたいのだ――

「ご隠居は花婿まで見つけてきたそうだ。相手は伏見《ふしみ》の大きな酒問屋の次男坊で、いずれ、暖簾《のれんわ》分けをしてもらって、自分の店を構えるのだという」

「大変いいお話ですが、いかんせん、伏見は遠いです」

「お美代坊に親戚と呼べる者はこの江戸に居ないのだから、思い切って、新天地も悪くはないはずだと、ご隠居は強く勧めてる」

「お美代さんは？」

「伏見の酒問屋の倅《せがれ》に嫁いで、岡っ引き稼業を続けるわけにはいかないから、これでは話が違うと言っている」

「それで釣り合わぬ縁となったわけですね」

「まあ、ご隠居も一度はうんと言ったもんの、いつまでも、女だてらに岡っ引きをされてちゃ、天下の松島屋たるもの、世間体が悪いと周囲から責め立てられるんだろうって、お美代坊は言ってた。と言って、伏見へ行く気も、娘岡っ引きを止める気もないから、このまま、養女に居座ってちゃ、よくしてくれてる養い親のご隠居に、申しわけが立たない、どうしたらいいだろうって。俺は誰の人生でもねえ、一度しかねえ、おまえの人生だ、好きなようにしろ、俺のこの話を引き合いに出してもいいから、ご隠居に心の裡《うち》を正直に伝えてみろと応《こた》えてやった。しかし、この後、三日もしねえうちにこの始末だ」

松次はまるで仇《かたき》がそこに居るかのように、五両の金を睨《にら》み据えて、

「娘のお薗のとこには、溜《た》めてあった有り金を届けるつもりだ。悪いが、こいつを松島屋まで頼まれてくんな」

季蔵の方へと畳の上を滑らせた。

七

――江戸を離れたくないお美代さんの心の裡は――

季蔵はこの話をおき玖に洩らした。

「決まってるじゃないの、美代吉さんは田端《たばた》の旦那に夢中なのよ。田端の旦那だって――」

――お美代さんはいずれ、このことを徳兵衛さんに話すだろう――

「三十俵二人扶持の同心の新造は、伏見のお大尽ほどの贅沢《ぜいたく》はできないでしょうけど、好いた相手なら、後悔しないのが女というものよ」

「娘岡っ引き業はどうするんでしょう?」

「田端の旦那のためなら、止めてもいいって顔、いつかの納涼会で美代吉さんしてたわよ。でれでれで──ふーっ、熱い熱い」

おき玖はそばにあった団扇《うちわ》で大袈裟《おおげさ》に煽《あお》いで見せた。

「それにもしかしたら、田端の旦那はあんな変わり者だもの、お姑《しゅうとめ》さんもあの旦那に似て、嫁が娘岡っ引きでも気にしないかもしれないわ」

二人はそんな他愛《たわい》のない話に花を咲かせたが、翌朝、目を覚ました季蔵が井戸端で顔を洗っていると、目の前をすーっと長い影が塞《ふさ》いだ。

「田端の旦那」

「季蔵」

田端宗太郎《そうたろう》の顔は蒼白《そうはく》である。

「どうしたのです、こんなに朝早く──」

「日頃のつきあいに免じて、頼まれてほしいことがある」

田端の目は血走っている。

──これは酔いの残りではなく、寝ていないせいだな──

「わたしでお役に立つことでしたら、何なりとお手伝いいたします」

「お美代さんに何か？」

「美代吉のことだ」

「姿を消した」

「松島屋の近くの権兵衛長屋からですか？」

「そうだ。松島屋の隠居が夕餉《ゆうげ》に誘おうと、使いの者をやったのだが、待てど暮らせど美代吉は帰ってこなかったというのだ。昨日は暮れ六ッ前に役目を終えて、わしと美代吉は各々、家に帰った」

「仏壇のある善助さんのところではありませんか？　たしか、両方を行き来していると聞いています」

「いや、別れる時、美代吉は、はっきり、今日は権兵衛長屋へ戻ると言った。それに、善助と住んでいた芝口へは、今、確かめに行ってきたところだ。居なかった。近所のかみさんたちも口を揃えて、昨日は姿を見なかったと言っている」

「どこか、女友達のところへでも泊まりに行ったのでは？」

――伏見へ嫁入る話を押しつけられて、くさくさしていたのだとしたら、松島屋と距離を置きたくなって、自ら、しばし、姿を消すことだってあり得ることだ――

「わしは松島屋と関わっての大事でなければよいと思っている」

「まさか、旦那が案じていらした通りのことが――」

起こり得ないとは言えなかった。

「松島屋の養女と知られて、掠《さら》われたのだとしたら、今頃、身代金の要求が――」

「お願いだ、季蔵、力になってくれ。この通りだ。わしは何としても、あいつを助けたい。あいつにもしものことがあったら、俺はもう――」

田端はうつむいて涙ぐんだ。

「大丈夫です。きっと、見つかります」

――そうか、そこまで、旦那はお美代さんのことを――

季蔵は胸が詰まった。

するとそこへ、

「季蔵さん」

息を切らしたおき玖が駆け寄ってきた。

「まあ、田端の旦那もここにおいでだったんですね。やっぱり、美代吉さんのことが気にかかって？」

田端は黙って頷いた。

「今、松島屋の徳兵衛さんがおいでになってるの。美代吉さん、昨夜からいなくなってしまったそうですね。奉行所には、夜が明けるのを待って、届け出たものの、居ても立ってもいられず、もしやと思って、そっと、家を抜け出し、美代吉さんがよく、立ち寄ると話していたうちの店に足を向けてしまったんだとか――。なにぶん、お年齢《とし》ですから、すっかり、弱ったご様子で。それで、あたし、このことは、季蔵さんに報《しら》せた方がいいと思って、こうして来たのよ」

「行きましょう」

季蔵は田端を促した。

「徳兵衛さんが何か、ご存じかもしれません」

憔悴《しょうすい》しきっている徳兵衛は、床几《しょうぎ》に腰かけていることが出来ず、小上がりで身を横たえていた。

「どなたか、お店の方を迎えに頼みましょうか」

おき玖は案じたが、

「それには及びません。家に帰ったところでお美代のことが心配で――」

起き上がった徳兵衛は、畳の上に正座すると、

「このたびは、お世話をおかけしております」

季蔵と田端の二人に深々と辞儀をした。

「お瘦《や》せになっていて、見上げるほどお背が高い。あなたがお美代が申していた田端宗太郎様ですね」

徳兵衛は田端を見つめて、辞儀を繰り返した。

「一昨日、お美代が訪ねてきて、あなたを想っていると打ち明けられました。何でそれを早く言わなかったのかと、わたしはお美代を叱りました。わかっていれば、遠くへ嫁ぐ話など持ち出してはいませんでした。くよくよ悩ませて、お美代に気を遣わせることもなか

ったのです。どうか、お美代を貰ってやってください。この通りです」

「それは美代吉が無事に戻ったあかつきのことだ」

「よかった。これで、やっと胸のつかえが下りました」

徳兵衛はほっとため息を洩らした。

「嫁入りを強いて、お美代を傷つけてしまったのではないかと、自分が責められてならなかったのです」

「ところで、昨夜、あなたはお美代さんと夕餉を共にされようとしていましたね」

季蔵は切り出した。

「はい」

「その時、お美代さんを迎えに行ったのはどなたです?」

「卯吉という若い手代です。卯吉の仕事は、お美代とわたしに関わるものと決めていました」

「夕餉はどのくらい、お美代さんとご一緒に?」

「午《うま》の日は必ず。わたしもお美代も午年なものですから」

「ということは、昨夜は前からわかっていた夕餉の日だったのですね」

「ええ」

「その方にくわしい話を訊けますか?」

「ならば、卯吉を呼びましょう」

だが、卯吉の代わりに駆けつけたのは、白髪頭の大番頭で、

「ご隠居様、卯吉が居ません。朝から誰も姿を見ていないそうです」

冷や汗を流し、青ざめきっていた。

「お美代さんを掠ったのはその卯吉です」

季蔵は言い切った。

「わしはわしと別れた後、お美代が戻るはずだった、権兵衛長屋の連中にも訊きに回った。昨夜、訪れた卯吉は戻らないお美代を、五ツ（午後八時頃）まで待ち続けていたそうだ。そんな卯吉がいつ、お美代を拐《かどわ》かすのだ？」

田端は今一つ、得心がいかない。

「権兵衛長屋に帰ってきたところを拐かしたのではなく、その前だったとすれば、辻褄は合います。卯吉はお美代さんをどこかへ連れ去って、閉じ込めた後、何食わぬ顔で忠義の手代を演じていたのでしょう」

「しかし、美代吉は並みの女ではない。ごろつきでさえ、組み伏せることができる。そんな美代吉を、手代ごときが拐かせるとはとうてい思えない」

田端は呟いた。

「もしや――」

思い出した徳兵衛は、はっと目を瞠った。

「あの話を卯吉は洩れ聞いていたのでは――」

「あの話とは?」

「皆さんもきっと、多少はお聞きでしょう。亡くなった善助親分の幽霊話です。お美代は幽霊になって夢枕に立つ父親は、殺されたと信じていて、下手人を捕らえて仇を討ちたいというのが口癖でした。わたしにもその話をしましたが、その時、卯吉も一緒でした。卯吉がありもしない、父親の仇の手掛かりを餌《えさ》に、お美代を動かしたのではないかと――」

徳兵衛の言葉が震えた。

「それなら、あり得ることです。心当たりはありませんか。人を閉じ込められる所があって、何より卯吉が知っている場所――」

季蔵は焦った。

八

「思いつくのは、うちの向島《むこうじま》の寮しかございませんが」

「向島の寮だと?」

田端はかっと目を剝いた。

「そこだ、そこに間違いない。美代吉は、そこに囚われている。今すぐ、向島の松島屋の寮へ行かねば」

外へ走り出た田端を季蔵は追った。

「下手人に仲間がいて、助けが要るかもしれない。あたし、一走り、番屋まで行ってこのことを伝えるわ」

おき玖が買って出てくれた。

向島では松島屋の寮を取り囲んで、捕り物が行われるはずだったが、

「卯吉、もう逃げられんぞ、出てきて神妙に縛に付け。卯吉——」

田端が声を限りに叫んでも、誰も出てくる気配はなく、思い切って踏み込むと、鍵《かぎ》の掛かった納戸の前で、卯吉が口から血を流して死んでいた。

そばには、黒稲荷《いなり》の入った折り詰があった。黒稲荷は稲荷寿司の油揚げを煮るのに、黒砂糖を惜しみなく使った、高級料理屋八百良の人気商品である。

卯吉を抱き起こした季蔵は、

「口から酢と黒砂糖の匂いがしています。卯吉は毒入りの黒稲荷で死んだのでしょう」

と言い切った。

何と納戸に閉じ込められていたお美代は、傷一つ付けられることなく生きていた。

「卯吉がおとっつぁんの恨みが晴らせると持ちかけてきたのさ。ここは昔、ある商家の持ち物だったのを、松島屋が買い取ったもので、納戸には三十年前のやまと屋皆殺しの証である盗品が、ごっそり、隠されてるってね。真の下手人たちは、時々、ここへ来て、証の品が無くなったりしていないか、確かめるんだって——。おとっつぁんのことを言われる

と、つい、分別がなくなっちまった。常なら、何で松島屋の手代の卯吉がそんなこと、知ってるんだろうって思うはずだから」

お美代は面目なさげに頭を掻《か》いた。

納戸の中にも、黒稲荷の詰まった折り詰はあった。

「おとっつぁんを殺した下手人たちは、明日になるか、明後日《あさって》か、いつ、来るかわかんねえから、しばらく、ここで待ってろって言われて、納戸の中で卯吉に折り箱を渡された。蓋《ふた》を受け取って、蓋を取って、中身を確かめた時、そばに卯吉のいねえのに気がついた。がちゃがちゃと錠前の閉まる音がして、〝こりゃあ、やられた〟って地団駄踏んだが、もう、後の祭りだよ」

「黒稲荷を食べていなくてよかった」

ほっと息を吐いた弾みに田端の目が潤んだ。

「ここへ押し込められる前の晩、夢枕に立ったおとっつぁんは、あっしが勧めた黒稲荷にも箸を付けなかった。深川飯と同じくらい好物だったはずなのに——。それで、あっしはこの黒稲荷に、どうしても、手を付ける気が起きなかった」

そして、卯吉が黒稲荷で命を落としたと知ると、

「おとっつぁんの霊があっしを守ってくれてたんだ」

合掌した。

こうした経緯《いきさつ》を聞いた徳兵衛は、

「店の者たちに訊いてみたところ、以前から、なよなよした身体つきの卯吉は、男勝《まさ》りのお美代を好いていると洩らしていたそうです。わたしが嫁入りの話など持ち出したので、ほかの男に奪われるよりはと思い詰めて、あんなことをしでかしたのではと。二人のそばにいながら、目が行き届かなかった、役立たずの我が身が悔いられます」

深く頭を垂れた。

鼠《ねずみ》で確かめてみたところ、やはり、どちらの折り詰にも毒が仕込まれていた。これで、卯吉は無理心中を図ろうとして、お美代を連れ出したのだということになり、奉行所の詮《せん》議《ぎ》は終わった。

納涼会は惜しまれながら幕を閉じた。

ここでは、一躍、別世界という言葉が躍り出て、そうだ、そうだと客たちは各々の別世界について熱く語った。

喜平などは、

「わしの別世界は女風呂だよ。一度ならず、空《す》いている夕べを見はからって、女風呂にかったことがある。なに、石榴《ざくろ》口も風呂の中もあれほど暗いんだ、わかるものか。暗くちゃ、見えるものは見えないって？　冗談も野暮もたいがいにしな。女の肌はね、見るなんてもんじゃねえ、じんわりと匂いを鼻で確かめるもんさ。いいねえ、別世界は。女なら一つ目でも、二つ目でもかまうものか。何せ、極楽なんだから」

うっとりと話し続けた。

翌日、おき玖が、

「昨夜の喜平さんは、助平の真骨頂だったけれど、あんまり凄かったんで、さすがの辰吉《たつきち》さんも太刀《たち》打《う》ちできなかったわね」

苦笑混じりに洩らすと、

「ためになる話でした」

らしからぬ受け応えをした季蔵は、

「ちょっと、これから、しばらく出てきます。これからですと、暮れ六ッの店開けまでには、何とか間に合いそうです」

塩梅屋を出た。

向かったのは数寄屋町の喜平のところで、

「どうも、昨夜は飲み過ぎてなあ」

二日酔いの喜平は布団の上に伸びていて、季蔵が要件を口にすると、

「それなら、常磐《ときわ》町のときわ湯だよ」

湯屋の名を口にして、また、すぐに平たくなり、

「この通り、ったく、年甲斐《としがい》もないんですから」

茶を淹れてきた嫁を呆《あき》れさせた。

——喜平さんの湯屋の話はためになった——

季蔵は常磐町のときわ湯へ立ち寄って、番台の上の店主に幾つか、客の名や売られているものについて訊いた。

その日は暮れ六ツに間に合って店を開け、夜更けて烏谷が訪れるのを待った。店に戻ってきた時、すぐに、使いの者を走らせて、烏谷を呼ぶことにしたのであった。

離れに落ち着いて、季蔵の話を聞き終わった烏谷は、

「今宵ばかりは飯を食う気がしない」

過度の緊張を全身に滲《にじ》ませている。

「この江戸の繁栄の一端を担っている、二軒もの大店が皆殺しの極悪人だったとは――。今日《こんにち》ある、その者たちの財が流された血で築かれたものだったとは――。とても信じられないし、信じたくもない」

――大名や幕府の重職にある方々と懇意の大物商人たちが、あろうことか、三十年前は押し込みの一味だった。たしかにこんな大それたことが、市中に知れれば、人心はお上から離れて行くだろう。清く、正しく、真面目《まじめ》に暮らすのは馬鹿馬鹿しいと、盗みや押し込みが増え、江戸の治安が乱れるのは目に見えている。いったい、お奉行はこの先、どうされようというのだろうか――

季蔵は烏谷の命《めい》を待った。

「墨と紙を持て」

「はい」

烏谷は文をしたためると、

「これを明日一番で届けてくれ」

青ざめた顔で言い、

「それと、これは――」

季蔵の耳に口を寄せた。

翌朝、季蔵は朝餉もそこそこに家を出た。

尾張町の松島屋の前では、まだ、あどけなさの残る小僧たちが打ち水をしている。今日も暑くなりそうであった。

「木原店《きはらだな》の塩梅屋季蔵でございます。ご隠居様にはご贔屓をいただいております。おられますか？」

「少し、お待ちください」

小僧は一度奥へ入って、戻ってくると、

「どうぞ、庭から離れへお回りくださいとのことです」

隠居所へと案内された。

徳兵衛は朝顔の手入れをしていた。

「これはこれは」

口調は驚いているものの、その目は縁《ふち》が白い紫の大輪の朝顔に向けられている。季蔵を見ようともしない。

「お話があって参りました」

「まあ、茶でも淹れましょう」

無理やり笑みを浮かべて、徳兵衛は庭の奥にある茶室へと歩き、季蔵はその後に続いた。

茶室ではすでに炉の上で茶釜が湯気を上げている。

「毎日、朝茶はこうして、ここで、いただくと決めておりますので。いかがです、一服
――」

徳兵衛は抹茶を入れるなつめを取り上げかけた。

「茶は結構です」

季蔵は相手を見据えた。

「話を先に。そうそう、その前に」

季蔵は松次から預かったままになっている五両の包みを、理由《わけ》を話して、畳の上を滑らせた。

「そんなお気になさるようなものでは――」

「わたしは頼まれてお返しするだけです」

「わかりました」

徳兵衛はまだ作り笑いを浮かべている。

「それでは、これとは別にお話を」

「お聞きしましょう」

「お美代さんは今、田端様が親しくしていらっしゃる同心宅においでです」

「聞いています。お役人様に嫁ぐとなれば、わたしの娘ではなく、士分の方の養女になるしかないのは、仕方のないことではございますが、お美代さえ幸せになればと思っております」

「このぶんでは、あの美代吉親分も田端様のよき御新造様に納まって、頼もしい母親になりそうです」

「それはもう何よりです」

「松島屋さん、あなたは、さぞかし、胸を撫《な》で下ろしておいででしょうね」

「ええ、本当によかったと――」

「お惚《とぼ》けになっては困ります。ほっとなさっている理由は、これで、お美代さんが亡き善助さんについて、あれこれ調べ立てしないだろうから、また、あなたの秘密を知る仲間たちが、もう、この世にいないからです」

「何をおっしゃっておいでなのか、わたしには――」

「今更、隠し立てをなさっても無駄です。あなたの悪事を、お奉行の烏谷椋十郎様はお見通しなのですから。お奉行は紙屑拾いの六助が書いた文をご存じなのです」

「文――」

徳兵衛の顔色が変わった。

「借金まみれだった六助は、これがあれば、一生、遊んで暮らせるはずだと、借金のかたに文を近所の者に預けていたのです。そこに書かれていたことは、あまりにも、信じがたい内容だったので、寝惚《ねぼ》けた弾みにでも書いたものだろうと、当初、誰も信じませんでした。ところが、六助が殺されると、こんなものがあっては、寝覚めが悪いと、文は番屋に届けられたのです。とはいえ、ここでも、なかなか信じる者はいなくて——。しかし、三十年前、押し込みを働いた下手人の一人として、文に書かれていた米問屋庄内屋清兵衛が急な死を遂げるに至って、お奉行はこの文の内容が真実だと断じられたのです。文に書かれていた下手人の名は、三田尊月寺の住職孝興、松枝町の質屋宝草の主矢吉、六助自身、東湊町の庄内屋清兵衛、そして、あなたの五人。調べてみると、五人ともが奥州の出身でした」

これが昨夜、烏谷から耳打ちされた方便で、このとき、

「相手はしたたか極まる。首根っこを押さえて離さないほどの証を突き付けねば、決して認めまい。それには、はったりも必要だ」と言っていた。

「奥州者だったというのは偶然では？　わたしはその六助という男にも、庄内屋のご隠居にも会ったことなぞありません」

「そんなことはないはずです。あなたが通っていた湯屋の主は、喜平さんや善助親分だけではなく、庄内屋のご隠居もあなたと親しかったと言っていました。そして、房州砂によい香りを混ぜた薄桃色の歯磨き粉は、その湯屋で売られていたのです。庄内屋のご隠居は、それを好んでもとめていたそうです。もとめた歯磨き粉に毒を混ぜるのは、あなたにとっ

て、造作もないことだったはずです」

「見た者がいるのですか――」

徳兵衛は歯を食いしばった。

「はい、偶然、主の娘が見かけています」

もちろん、これも方便であった。

「ですから、観念してください。そして、悪行の次第を正直に話してください。そうすれば、お上にも多少の御慈悲はあることと思います」

「本当ですか」

徳兵衛は皺《しわ》だらけの顔を歪《ゆが》めた。

「嘘《うそ》、偽りは申しません」

「わかりました」

目を閉じた徳兵衛は、

「わたしは今、こうしていても、命乞《いのちご》いをする声が聞こえます。血の海が見えて、血の匂いがするのです。三十年前、犯した罪のことを忘れたことは一度もありません。とはいえ、悪事を犯して、元手を作っていなければ、今のわたしがあるとは言えないのも事実です。わたしは罪の重さに怯《おび》えつつ、罪と共に生きてきました」

――苦しい生きざまだったろうが――

「仲間は六助が書き遺《のこ》した者たちに間違いありません。やまと屋を襲って、金や盗品を等分に分けた後、わたしたちはもう、二度と会わない、遭っても知らぬ同士で通そうと決めました。居合い歯抜きをしていた、宇賀路仁右衛門《うかじじんえもん》という名の浪人が、下手人とされ、処罰されたのも幸いでした。ところがすぐに、有り金を使い果たした六助が問題になりました。六助には金以外に盗品の分け前があったので、これを市中で売りに出されたら足がつくと懸念したのです。わたしたちは、盗品を売る時は上方へさばくことにしていたのです。わたしたちは、危ない六助を遠くへやりました。上方以外にも尾張や駿河《するが》、相模にも――三十年間、これの繰り返しだったんです。わたしたちは多少、疲れて、六助の寿命が尽きるのを願うこともありましたが、皆、これを続ける気でいました」

「きっかけは尊月寺から出た金の観音像ですね」

「孝助《こうすけ》は押し込みの後、思うところあったのでしょう、打ち首にはなりたくないが、余生は自分なりに罪を償いたいと、孝興と名を改め、仏に仕える身になりました。これだけは、はっきり申しておきますが、孝興を殺したのはわたしたちではありません。孝興が盗っ人に豹変《ひょうへん》した旅人に殺されていなければ、昔の盗品も隠されたままで、こんなことにはならなかったと思います」

「金の観音像が仲間割れを引き起こした？」

「孝興にこれを分けた理由は、匕首《あいくち》の使い勝手を知っていて、人を殺めた報賞代わりでした。善助親分は、金の観音像が三十年前のやまと屋からの盗品だったと知り、質屋を訊ね歩くうちに、矢吉の宝草に行きついたのです。当時の約束を忘れた矢吉は、あれは不平等だったとわたしに告げに来ました」

「矢吉はあなたを強請《ゆす》ったのですね」

「矢吉は以前から、わたしや清兵衛ほど、商いが栄えないことに、不平不満を募らせていました。すでに六助は江戸に舞い戻ってきていました。一軒家に住まわせて、そこそこの生活のめんどうはみる代わりに、地味にしていてほしいと言い含めて、一切、小遣いはやりませんでした」

「それで紙屑拾いをしていたのですか」

「あの年で紙屑拾いは気の毒だとお思いでしょうが、小遣いをやれば、後先考えず、すぐに使ってしまうに決まっていました。広いこの江戸でも、年寄りのおかしな遊興は目立つ上に、六助に苦しめられてきたわたしたちには、金を与えたら最後、際限がないとわかっていたからです。それでも、江戸に落ち着くにつれ、六助もまた、小遣いを与えないわたしたちを、面白く思わないようになってきていました」

「二人に強請られ始めた――」

「わたしたちは年寄りです。命尽きる日まで、わたしたちだけが強請られるのは、身から出た錆《さび》だとしても、矢吉や六助より、こちらが先に死ねば、難は家族に降り掛かります。これを何とか、どうしても、切り抜けたかったのです。清兵衛は家族にだけは、罪を及ばせたくない、罪さえ知られたくないと言って号泣しました。わたしも同じ思いだったのです。押し込みの極悪人がお祖父《じい》ちゃんだったなんて、可愛い孫に言えますか」

徳兵衛は目を瞬《またた》かせた。

「それで善助親分や仲間を殺めて行ったのですね」

「わたしは矢吉に悟られないように清兵衛と組みました。矢吉がいつか、善助親分は気づくだろうというので、矢吉に頼んで、思い出したことがあったからと、善助親分を神田川岸に呼び出し、突き落として殺したのです」

「その後、矢吉を――」

「深夜、清兵衛が矢吉に礼金を渡しに行って、油断したところを、背後から殴り殺したはずです。盗品を持たせておいてはいけないと気が気でなかった清兵衛は、行李《こうり》にあった血染めの晴れ着を後で燃やして、灰になるのを確かめたそうです」

「これで六助が気がついた――」

「気がつくのは計算の上でした。六助はわたしが手にかけました。あろうことか、松島屋の近くに住んで、わたしを脅そうとしていたんです。お美代の何気ない話を聞いた時は、肝《きも》を潰《つぶ》しました。そこで、証となる盗品のろうかんを、高く買ってやると言ったところ、簪しか持ってはきませんでしたが、後で取り戻せばいいと考えて言い合いはせず、金を渡した時、三十年も使っていなかった匕首で刺したのです。咄嗟に六助が小判を口に入れたのには驚きました。後でこじ開けて、小判を取り戻し、行きずりの凶行に見せかけようとしたかったのですが、こればかりは無理でした。文を遺すほどの執念を持っていたせいでしょうか」

「なぜ、清兵衛まで――」

「清兵衛もわたしも大店です。二人とも気になっているのは、子や孫、店の繁栄のこととなれば、いずれ、どちらかが、お上と取引することも考えられます。つまり、自分と家族の身を守るために、相手を売るのです。たとえば、相手に唆《そその》かされ、やむなく犯した罪だったと言い逃れて、死に際に、密《ひそ》かに、すべての罪を認めれば、罪一等減じられ、家族は安泰に済むかもしれないのです。しかし、反対に名を挙げられた相手は、家族までもが連座して首を刎《は》ねられることでしょう。わたしも清兵衛もいつ、迎えが来るかわからない老骨。それゆえ、互いに油断はできない間柄でした。あなたに見破られたのは不覚でしたが、間違ったことをしたとは思っていません。これしかなかったのです」

「あなたの念の入れ方にはつくづく感心します。あなたは、娘のお美代さんが善助親分に何か聞いているかもしれないと疑った。お美代さんを養女にしたのは、生け簀《す》に飼って、見張るためですね。伏見への嫁入りは、江戸も父親のことも忘れるよう、遠くへ追いやるためだった。そして、これが上手く運びそうにないとわかると、お美代さんを慕っていた卯吉を使って、無理心中に見せかけて消してしまおうとした。これぱかりは、善助親分の幽霊に守られてしまいましたが――」

「お察しの通りです。ただ、その日暮らしだった若い頃、所帯を持った女がお美代さんによく似ていて、生まれた女の子ともども命を落とさせてしまったのも、桃が食いたいと死に際に言ったのも本当のことです。思えば、最初の女房と暮らした短い間だけが、たとえ貧しくても、心休まる至福の時でした」

そこで徳兵衛は目を開いた。

「さて、わたしだけ、お茶を一服、いただくといたしましょう」

なつめの蓋が開けられ、茶杓《ちゃしゃく》が使われた。茶筅《ちゃせん》が握られる。徳兵衛は見事な点前《てまえ》を披露した。

そして、

「あなたは、只《ただ》の料理屋の主ではありませんね。あなたがどなたかからかの使いであることは、おいでになった時からわかっていました。そして、あなたを差し向けたのは、そのどなたかが、わたしに情けをかけてくださったからなのだとも」

徳兵衛の表情はおだやかそのものだった。

「わたしはその情けを有り難くお受けいたします。清兵衛さんに使った毒薬は、ゆっくりと効いて、卒中を装って、眠るように死ねるのです。腕のいい医者でも、見破ることはできますまい。それでは――」

徳兵衛は茶碗の中身を一気に飲み干すと、

「さあ、お行きなさい」

邪心のない笑顔を向けた。

季蔵は茶室を出て、庭を抜け、松島屋の店先に暇《いとま》を告げると、塩梅屋に向かって歩き始めた。

——これを渡し損ねたが——

烏谷に届けるよう託された文を出して開いてみた。

そこには、

〃露とおち露と消えにしわが身かな難波のことも夢のまた夢〃

とあった。

太閤《たいこう》秀吉の死期を悟った歌である。

——清兵衛の死んだ理由を公《おおや》けにせず、徳兵衛に自害を促したお奉行は、庄内屋と松島屋の看板をそのままにすることが、この江戸を守ることと思われたのだろう——

六助、矢吉殺しは行きずりの者の仕業とされ、田端にもお美代にも真相は知らされなかった。しかし、もうお美代の夢枕に善助は立たなかった。お美代は、善助の死は、事故だったのだと思い直した。

そして、田端と美代吉は、夫婦仲が末永く丸いようにと、この中秋に祝言《しゅうげん》を挙げることになった。

「この縁組み、市中じゃ、ちょっとした噂《うわさ》になってんのよ。美代吉さんが田端様の御新造になって、お美代様になると、男言葉が女言葉に直るんだろうかって、賭《か》けをする人たちも居るのよ」

おき玖と季蔵が、二人の門出を祝う料理の献立に頭を悩ませていると、

「邪魔するぜ」

すっかり、足の怪我が治った松次が油障子を開けて、

「お美代坊が男言葉を使おうが使うまいがかまわねえが、祝言の料理だけはしゃんとしたものでねえと、いけねえよ。ちなみに、中秋といやあ、栗だ。栗はきんとんが一番。うんと気張って、しっかり、どっさり、拵えてくれ。手なんぞ抜いたら許さねえ、いいか、わかったか」

金壺眼を大きく瞠った。

――やっと、いつもの松次親分が帰ってきましたね――

――やれやれだけど――

季蔵とおき玖は目と目を見交わして微笑んだ。

〈参考文献〉

増補　落語事典　東大落語会編（青蛙房）
古典落語100席　立川志の輔（PHP文庫）
江戸のおかず帖　美味百二十選　島崎とみ子（女子栄養大学出版部）
フルーツのはなし　山口昭編（技報堂出版）
聞き書　愛知県の食事　日本の食生活全集23　日本の食生活全集愛知編集委員会編（農山漁村文化協会）

※本書は時代小説文庫（ハルキ文庫）の書き下ろし作品です。

時代小説文庫
わ 1-9

へっつい飯《めし》 料《りょう》理《り》人《にん》季《とし》蔵《ぞう》捕《とり》物《もの》控《ひかえ》

著者　和《わ》田《だ》はつ子《こ》

2010年 8 月18日第一刷発行
2016年12月18日第九刷発行

発行者　角川春樹

発行所　株式会社 角川春樹事務所
〒102-0074 東京都千代田区九段南2-1-30 イタリア文化会館

電話　03(3263)5247［編集］　03(3263)5881［営業］

印刷・製本　中央精版印刷株式会社

フォーマット・デザイン＆シンボルマーク　芦澤泰偉

ISBN978-4-7584-3497-3 C0193

http://www.kadokawaharuki.co.jp/［営業］
fanmail@kadokawaharuki.co.jp［編集］ ご意見・ご感想をお寄せください。

時代小説文庫

和田はつ子
雛の鮨
料理人季蔵捕物控

書き下ろし

日本橋にある料理屋「塩梅屋」の使用人・季蔵《としぞう》が、手に持つ刀を包丁に替えてから五年が過ぎた。料理人としての腕も上がってきたそんなある日、主人の長次郎が大川端に浮かんだ。奉行所は自殺ですまそうとするが、それに納得しない季蔵と長次郎の娘・おき玖は、下手人を上げる決意をするが……(「雛の鮨」)。主人の秘密が明らかにされる表題作他、江戸の四季を舞台に季蔵がさまざまな事件に立ち向かう全四篇。粋でいなせな捕物帖シリーズ、第一弾!

和田はつ子
悲《ひ》桜《ざくら》餅《もち》
料理人季蔵捕物控

書き下ろし

義理と人情が息づく日本橋・塩梅屋の二代目季蔵は、元武士だが、いまや料理の腕も上達し、季節ごとに、常連客たちの舌を楽しませている。が、そんな季蔵には大きな悩みがあった。命の恩人である先代の裏稼業〝隠れ者〟の仕事を正式に継ぐべきかどうか、だ。だがそんな折、季蔵の元許嫁・瑠璃が養生先で命を狙われる……。料理人季蔵が、様々な事件に立ち向かう、書き下ろしシリーズ第二弾、ますます絶好調!

時代小説文庫

時代小説文庫

和田はつ子
旅うなぎ
料理人季蔵捕物控

書き下ろし

日本橋にある一膳飯屋〝塩梅屋〟で毎年恒例の〝筍尽くし〟料理が始まった日、見知らぬ浪人者がふらりと店に入ってきた。病妻のためにと〝筍の田楽〟を土産にいそいそと帰っていったが、次の日、怖い顔をして再びやってきた。浪人の態度に、季蔵たちは不審なものを感じるが……(第一話「想い筍」)。他に「早水無月」「鯛供養」「旅うなぎ」全四話を収録。美味しい料理に義理と人情が息づく大人気捕物帖シリーズ、待望の第五弾。

和田はつ子
時そば
料理人季蔵捕物控

書き下ろし

日本橋塩梅屋に、元噺家で、今は廻船問屋の主・長崎屋五平が頼み事を携えてやって来た。これから毎月行う噺の会で、噺に出てくる食べ物で料理を作ってほしいという。季蔵は、快く引き受けた。その数日後、日本橋橘町の呉服屋の綺麗なお嬢さんが季蔵を尋ねてやって来た。近々祝言を挙げる予定の和泉屋さんに、不吉な予兆があるという……(第一話「目黒のさんま」)。他に、「まんじゅう怖い」「蛸芝居」「時そば」の全四話を収録。美味しい料理と噺に、義理と人情が息づく人気捕物帖シリーズ、第六弾。ますます快調!

時代小説文庫

和田はつ子
おとぎ菓子
料理人季蔵捕物控

書き下ろし

日本橋は木原店にある一膳飯屋・塩梅屋。主の季蔵が、先代が書き遺した春の献立「春卵」を試行錯誤しているさ中、香の店粋香堂から、梅見の出張料理の依頼が来た。常連客の噂によると、粋香堂では、若旦那の放蕩に、ほとほと手を焼いているという……(「春卵」より)。「春卵」「鯛の子」「あけぼの膳」「おとぎ菓子」の四篇を収録。季蔵が市井の人々のささやかな幸せを守るため、活躍する大人気シリーズ、待望の第七弾。

和田はつ子
菊花酒
料理人季蔵捕物控

書き下ろし

北町奉行の烏谷椋十郎が一膳飯屋〝塩梅屋〟を訪ねて来た。離れで、下り鰹の刺身と塩焼きを堪能したが、実は主人の季蔵に話があったのだ……。「三十年前の呉服屋やまと屋一家皆殺しの一味だった松島屋から、事件にかかわる簪が盗まれた。骨董屋千住屋が疑わしい」という……。烏谷と季蔵は果たして〝悪〟を成敗できるのか⁉「下り鰹」「菊花酒」「御松茸」「黄翡翠芋」の全四篇を収録。秋の美味しい料理と市井の人びとの喜怒哀楽を鮮やかに描いた大人気シリーズ第九弾。